中公文庫

# もぐら 0

## 影野竜司

矢月秀作



中央公論新社

# 目次

# もぐら 0

影野竜司

# プロローグ

久しぶりの休日、安達《あだち》紗由美《さゆみ》はめずらしく、自宅マンションでのんびりしていた。

春も深まり、沖縄では早くも梅雨の足音が近づいている。陽光も強くなってきていて、過ごしやすい季節に、心身がとろけそうだった。

紗由美は、自身が勤務する会社の人材派遣システムの構築を任されていた。

途中、トラブルに巻き込まれ、紗由美自身も重傷を負ったが、部下が仕事を進めてくれて、ようやくシステム稼働の目処《めど》が立った。

楢山《ならやま》誠吾《せいご》も銃で撃たれ、生死の境をさまよった。が、なんとか一命は取り留め、その後は驚異的な回復力で、日常生活には支障がないほど体調も戻っている。

まだ、稽古に出られるまでには至っていないものの、自宅では少しずつ、リハビリを兼ねた筋トレを始めていた。

その日も、玄関前でダンベルを握って、上腕のトレーニングをしていると、いきなりドアが開いた。

「ただいまー」

警察官の制服を着た若者が入ってきた。

「こらこら、おまわりさん。インターホンくらい鳴らせ」

楢山が微笑みかける。

「実家みたいなもんですから」

帽子を取る。

安里真昌《あさとしんしょう》だった。染めていた髪はバッサリ坊主に刈り、青々としている。

「筋トレ、できるようになったんですか？」

「まあな。まだ、こんなもんしか上がらんが」

そう言って楢山が持ち上げたダンベルは二十キロあった。力こぶは小さくなったが、それでも腕は太い。

「そんなの、普通の老人は上げられませんよ」

真昌が苦笑する。

「老人だと？」

楢山は真昌をひと睨《にら》みし、ダンベルを置いた。

「真昌が来たぞ」

奥に声をかける。

「そういえば、楢さん。表札、まだ安達と楢山を併記してるんですか？」

真昌は靴を脱ぎながら訊いた。

紗由美と楢山は、竜星《りゅうせい》の希望を受け入れ、籍を入れた。その際、楢山が安達姓を名乗ることにした。

理由は単純。楢山の方が、名義変更手続きが少なかったからだ。

紗由美が楢山の姓にすると、会社関係の書類から賃貸名義人まで、実に多くの名前を変えなければならなくなる。

また、旅に出た竜星の苗字も変えなければならないものがあり、面倒が多かった。

かたや、楢山はカードも持っていないし、スマートフォンもうここ十年替えていない。

名義変更が必要なものといえば、共済年金や障害年金、各種保険、健康保険証、運転免許証くらいだ。

紗由美は楢山姓を名乗ってもいいと言ったが、楢山が安達姓になることで収めた。

「書類上は安達だが、もう六十年以上、楢山を名乗ってんだ。通り名は楢山でいいだろう。会社で旧名を使っている人らと同じだ。それとも、真昌。俺のこと、安達さんと呼びたいか？」

「いや……やめときます」

真昌は苦笑し、自分の家のように上がった。リビングに行く。

リビングでは、紗由美と古谷《ふるや》節子《せつこ》がお茶を飲みながらくつろいでいた。

「おかえりー」

紗由美が声をかける。

「あら、よく似合ってるわね」

節子が目を細めた。

「安里巡査、ただいま帰ってまいりました」

帽子をかぶり直して直立し、敬礼する。

と、顔を洗った楢山がリビングに来た。

「誰が巡査だ。ほら、学生。脇開きすぎだ」

後ろから肘を叩く。

「中指をズボンの縫い目に合わせて、肘はまっすぐ伸ばす」

びしびしと腕や足を叩く。

「あー、もう、すみません！」

真昌は帽子を脱ぎ、紗由美の隣に座った。

「おばあ、腹減った」

「はいはい」

節子が微笑んで立ち上がる。

「変わらないねえ、あんたは」

紗由美は真昌を見て呆れた。

「まあ、まだ、入校して二カ月だからな。これからだ、絞られるのは」

楢山が奥に座って、杖を傍らに置いた。

「それにしても、こんなのがよく受かったもんね。沖縄県警、大丈夫？」

紗由美が意地悪を口にし、にやっとする。

「こんなのってのはないよ、おばちゃん。まあでも、竜星のおかげだけどさー」

真昌は微笑んだ。

紗由美たちの騒動が一段落した後、竜星は真昌の試験前日まで、泊まり込みで勉強や試験対策を教えてくれた。

特に、試験対策は、真昌の緊張をほぐしてくれた。

わからないところは飛ばして、わかるところから先に埋める。その後、わかるところを確認し、確実に点を取れるよう見直した後、残った問題に取り組む。最初から順番に解く必要はない。

試験に慣れている人なら当たり前のことなのだろうが、真昌には目からうろこだった。

その方法に従って、何度も何度も模擬試験を繰り返し、わからないところは竜星に教えてもらった。

そうした追い込みが功を奏し、真昌は学科試験を突破し、合格した。

竜星は、真昌の入学を見送った後、旅に出た。

節子がサーターアンダギーを盛った籠を持ってきた。

「どうぞ」

テーブルに置く。

「いただきまーす！」

真昌はさっそく一つ取って口に放り込んだ。

「あー、やっぱ、おばあのサーターアンダギーはまーさんやー」

うまいと絶賛し、二つ三つと食べる。が、口に入れすぎてむせた。

「あー、もう。ほら」

紗由美はさんぴん茶を湯飲みに入れて差し出した。

真昌は湯飲みをひったくって茶を流し込んだが、熱くて噴き出した。テーブルやズボンがびしょびしょになる。

「あーあ、もう、ほんとに！」

布巾《ふきん》を取って、真昌のズボンを拭おうとする。

「すみません！　自分でやりますので」

真昌はなぜか敬語になり、布巾を受け取ってテーブルやズボンを拭い始めた。

「おーおー、真昌も少しは敬語が使えるようになったか」

楢山が言う。

「そりゃあ、鍛えられていますから」

「担当教官は誰だ？」

「今岡《いまおか》先生です」

「今岡か。そりゃ、厳しいな」

楢山は笑った。

「今岡さんって、そんなに厳しいの？」

紗由美が楢山を見る。

「今の教官の中じゃあ、一番厳しいんじゃないかな。でも、今岡はいろんな課を渡り歩いた捜査のプロだ。今岡に鍛えられた連中は、卒業後、活躍してるよ。よかったな、真昌」

「よかったじゃないですよ。さっきの楢さんじゃないけど、指先が縫い目に沿ってなかっただけで腕立て二十回。踵《かかと》がそろっていないだけで、また腕立て二十回。座学であくびをしようものなら、腕立て百回。もう、パワハラですよ、パワハラ」

ため息をついて、お茶を飲む。

節子が笑みを向けた。

「でも、一時たりとも気を抜かないというのもまた、警察官には大事なことじゃないかしらね。相手はルール無用のならず者なんだから」

「おばあの言うとおりだぞ、真昌。はたから見りゃあ、パワハラかもしれんが、犯罪者に理屈やら常識は通用しない。そうした相手と対峙した時のメンタルを鍛える意味もある」

「わかってますよ。けどなあ……」

「逃げ出すか？」

楢山がニヤッとする。

「まさか。けど、辞めたいって言ってるヤツはいますよ」

話しながら、サーターアンダギーを頬張る。

「脱走しないのか、そいつら？」

「脱走って。そんなヤツ、いないですよ」

「いるぞ、ここに」

楢山は自分を指さした。

真昌と紗由美が同時に「えーっ！」と声を上げた。節子も目を丸くする。

「俺も教官が嫌になって、学校から脱走したことがあったんだよ」

「意外ねー。楢さんは、やる気満々で警察官になった人だとばかり思ってた」

紗由美が言う。

「俺はどちらかというと、道を外してた方だからな」

「へえ、それも意外。てっきり、道を外してたのは竜司《りゅうじ》さんかと思ってたけど」

紗由美は竜司の仏壇に目を向けた。

「あいつは大まじめ野郎だった」

楢山は竜司の遺影を見て、笑った。

紗由美と楢山は、籍を入れても、竜司の仏壇や遺影は片づけなかった。楢山にとっては文字通り、命を懸けて共に戦った戦友であり、紗由美にとっては自分を闇から救い出してくれた最愛の人でもある。

二人にとって竜司は、自分たちの生ある限り、かけがえのない存在で、竜星の父親だ。

楢山と紗由美には、片づけてしまう理由が何一つなかった。

「どうなったんですか？」

真昌が前のめりに訊く。

「連れ戻されたよ、あいつに」

遺影を見つめ、話を続ける。

「脱走すると、一斉捜索がかかるんだ。教官から生徒から地元警察まで総動員で追われる」

「そんなことになるの？」

紗由美が驚いて口を開いた。

楢山は笑って、紗由美を見やる。

「噂には聞いてたんだけど、ほんとにそこまでやるとは思わなかった。東京駅にいたんだがな。そこには同期や警官がうようよ。凶悪な指名手配犯扱いだ」

「逃げ出した子が、何か問題起こすといけないものねえ」

節子のつぶやきに、楢山がうなずく。

「その通りです」

「そこで銃を向けられて囲まれたとか」

真昌が言う。

「ドラマじゃねえんだから」

楢山は苦笑し、続けた。

「俺は朝まで逃げきろうとしたんだけど、その前に竜司が立ちはだかった。俺に説教たれやがったんだ。やめたきゃ、筋通せってな」

「やりあったんですか？」

真昌がさらに前のめりになった。

「まあな」

楢山が言葉を濁す。

「そういえば、竜司さんや楢さんから、昔の話、聞いたことないなあ」

紗由美が言う。

「どんなんだったんですか？　後学のためにぜひお聞かせください」

真昌が興味津々に目を輝かせる。

「私も聞いてみたいわねえ」

節子が微笑む。

「うーん……」

楢山はちらりと紗由美を見た。

「私も聞きたい。よくよく思い返すと、私、竜司さんの昔のことも、楢さんの若い頃のことも何も知らない。訊く必要がなかったから訊かなかったんだけど。せっかくだから」

紗由美は見つめ返した。

楢山は三人を見回してうなずき、太腿をパンと叩いた。

「冥途の土産に遺しておくか。俺たちの歴史を。なあ、竜司」

そう言い、遺影に微笑みかける。

遺影の竜司が微笑んで首肯した気がした。

楢山はさんぴん茶を飲んで一息ついた。顔を上げ、話し始める。

「もう半世紀前の話だがな――」

# 第一章　楢山、立つ

## 1

一九七五年も残り二カ月を切っていた。

楢山は当時十八歳、新宿にある私立竜南《りゅうなん》高校に通う高校三年生だった。

来春に卒業を控え、周りが就職活動や受験勉強に精を出す中、楢山は登校するものの日がなボケっとしていた。

「おう、楢山いるか？」

教室のドアから、ほっそりとした長身の男が顔を出した。

頭髪はリーゼントで、生え際の両脇には青々とした剃り込みが入っている。学生服も長ランにボンタンだ。当時の不良学生の典型的な格好だった。

長《なが》尾《お》進《しん》太《た》郎《ろう》という隣のクラスの同級生だ。長尾とは一年生の時に同じクラスだった。初日から楢山にガンを飛ばしてきて、挑発を繰り返した。

楢山は無視していたが、ある日の帰り道、長尾が一人で待ち伏せをしていた。勝負しろという。

楢山は小学生の頃から体格がよく、何かにつけて、因縁を付けられることが多かった。なので、喧嘩になることも多かったが、ほとんどは楢山の一発で終わった。小学生にとって体格の差は、力の差とイコールだ。

そのうち誰も逆らわなくなったが、中学に入るとまた、挑んでくる者が現われた。

楢山は小学生の時と同じく、自らの拳《こぶし》で火の粉を振り払った。

そうこうしているうちに、他校の生徒からも喧嘩を売られるようになった。

いい加減、面倒くさいが、売られたものは仕方がない。一人、また一人と倒していくほどに楢山の名は近隣地域に広まっていった。

高校はせめて平穏に暮らしたい。そう願い、進学校へ入学したが、そこに現われたのが長尾だった。

長尾は親の仕事の都合で他県から東京へ出てきた、高校デビューの男だった。

地元では有名な強さだったようで、東京でも腕試しをしたいと思っていたところ、楢山の噂を聞き、挑む決意を固めたという。

迷惑極まりない話だが、放っておけば付きまとわれるだけ。

楢山は挑戦を受けた。

線の細い男だった。一発で簡単に倒せると思った。

楢山が身構えた瞬間、長尾が飛び込んできた。速かった。

いきなり、右ハイキックを放ってきた。楢山が左腕を上げてガードしようとした。瞬間、長尾の膝下が軌道を変え、楢山の脇腹に蹴りを打ち下ろした。その蹴りは想像以上に重く、体の内側に響く。

楢山は身を捩《よじ》りつつも、右フックを放った。長尾はスッと後方へ下がった。フックが空を切る。その間隙を縫って、長尾は楢山の背後に回り込み、右の足刀蹴りを繰り出した。

背中に重い衝撃が走る。

楢山が二、三歩、前につんのめった。

長尾がすすっと楢山の背後に迫った。右脚を振り上げる。そして、頭頂めがけて、踵を落としてきた。

気配を察した楢山は、前方へ飛んで転がった。立ち上がりざま、振り返る。

長尾の姿がなかった。右の目の端に、ふっと影がよぎる。

楢山は拳を固め、ノーモーションで影に向けて裏拳《うらけん》を放った。

長尾の体のどこかに拳が当たった。が、すぐにふっと衝撃が抜け、拳が空を滑った。

真下に長尾の影があった。長尾は伸び上がると同時にアッパーを突き上げてきた。

檜山の体は開いていた。ガードもできない。とっさに、真下に頭を振った。

額が長尾の拳を受けた。骨が鈍い音を立てた。皮膚が切れ、血が四散する。

檜山は体重を乗せて、拳を押し返した。そのまま長尾の顔面に頭突きを入れる。

長尾は体を沈めて、威力を流そうとしたが、カウンター気味に入った頭突きを避けられなかった。

かろうじて、額で受け止めたものの、檜山の体重には勝てず、そのまま押し込まれ、背中から地面に落ちた。

檜山は勢いしゃがみ込み、長尾に馬乗りになった。右腕を引いて、拳を握る。

長尾は広げた両手のひらを檜山の顔の前に突き出し、「まいった」と白旗を上げた。

勘がいいと檜山は思った。

長尾の額は割れ、血が出ていた。衝撃で脳も揺れている。その状況で檜山に拳を打ち下ろされれば、ダメージは甚大だ。

細身からは想像できないスピーディーでパワフルな格闘術、状況の見切りの良さ、躊《ちゅう》躇《ちょ》なく白旗を上げる決断力、周りにはいないタイプの強者だった。

以来、長尾とはちょくちょく行動をともにするようになった。

といっても、何をするわけでもなく、街でふらふらしては時々売られた喧嘩を買うといった程度だ。

長尾が一人でやり合うこともあれば、楢山と一緒にいる時、複数人と乱闘になることもあった。

しかし、高校二年の夏休みが終わる頃には、楢山だけでなく、長尾の名も知れ渡ってしまい、街を歩いても喧嘩を売られなくなった。

楢山にとっては、ようやく待ち望んだ平穏が訪れてうれしい限りだったが、長尾は毎日退屈そうにしていた。

時々、街に出ては、自ら喧嘩を売って粋《いき》がっているという話は聞いていたが、長尾なら負けないだろうと思い、耳に入ってくる噂は受け流していた。

楢山はドア口に顔を向けた。

「なんか、用か？」

長尾に向かって、気怠《けだる》そうに訊く。

長尾は他のクラスであるにもかかわらず、気にすることなく入ってきて、楢山の机の傍《かたわ》らにしゃがんだ。

「今晩、用事あるか？」

「別にねえけどよ」

「安本《やすもと》さんが、俺らに会いてえって言ってんだけど、一緒に行かね？」

長尾が下から楢山を見上げる。

「おまえ、安本と付き合ってんのか？」

楢山が睨む。

安本大樹《だいき》は、楢山たちより一つ年上の先輩で、昨年卒業した。

学校では問題児で、竜南は自分が仕切っていると吹聴《ふいちょう》していた男だ。

針小棒大な発言をすることが多く、人数を集めて徒党を組むのが好きなお山の大将タイプの人物だった。

安本自身、弱くはないが、自分より強い相手には話し合いと称して口八丁手八丁で丸め込み、話がまとまらない時は複数人でリンチするというのが常だ。

楢山も一度、安本の洗礼を受けたが、向かってきた者たちを全員返り討ちにした。

安本もぶちのめそうと思ったが、安本が金輪際《こんりんざい》楢山に手を出さないという条件を出してきたため、拳を収めた。

以降、安本が楢山にちょっかいを出してきたことはなく、楢山も安本は眼中になく、日々を送っていた。

ただ、知らないところで、安本は自身のグループの勢力を拡大していた。

卒業後は、その手腕を買われ、新宿を根城とする暴力団、回生会《かいせい》の準構成員になったと聞いていた。

「新宿で暴れてりゃあよ、会っちまうじゃねえか。一応、竜南の先輩だから、いろいろ良くしてくれるしな」

「おまえも知ってんだろ。安本がどういうヤツかくらい。俺は会わねえぞ。どうせつまらねえ、ろくでもねえ話だ。おまえもやめとけ」

「そう言わずにさあ」

「なんなら、俺が止めてやろうか？」

長尾を睨む。

長尾は両手を広げて立ち上がった。

「そっちの方が怖えよ。じゃあ、安本さんには、楢山は興味がねえって伝えとくわ」

「行くなって」

「俺も将来を考えなきゃならねえんでな。まあ、心配すんなって。ヤバけりゃ、さっさと逃げてくるから」

右手の人差し指を立てて小さく振り、教室を出て行く。

チャイムが鳴った。教師が入ってくる。

「こら、長尾！　授業だぞ！」

廊下の方から男性教師の怒鳴り声が聞こえてきた。

楢山は呆れ笑いをこぼし、廊下の方を見つめた。

面倒なことにならなきゃいいがな……。

この一件が、楢山の運命を決めることになる——。

## 2

長尾はその夜、一人で安本の下を訪ねた。

現在の東急歌舞伎町タワーの場所には、当時、新宿コマ劇場があり、ゴジラのオブジェで有名なＴＯＨＯシネマズ新宿が建っているあたりには広々とした喫茶店があった。

この喫茶店は、そちらの筋の方々ご用達《ようたし》の場所で、夜が更けるほどに怪しい雰囲気が増す店だった。

周りにはあきらかに裏社会の人もいれば、コマ劇場前の広場で遊び疲れた若者もいる。

長尾は中二階の奥まったボックス席にいた。テーブルを挟んで三人ずつ、計六人が座れるスペースだった。

長尾は左手の真ん中に座っていた。両サイドを安本の仲間に挟まれている。対面に安本が、その左右にも安本の仲間がいた。

囲まれている状況だったが、長尾は涼しい顔をしていた。

安本の周りにいる連中は全員、一度拳を交えたことがある者だ。もちろん、長尾が勝っている。

安本とはやり合ったことはないが、手合わせしなくても実力のほどはわかる。

パンチパーマを利かせて、四十五度に傾いた小さな眼鏡をかけ、口ひげを生やして眉毛を剃り、それなりの威圧的な見目を作ってはいるものの、店内で誰かが動くたび、少しびくっとして、きょろきょろと周りを見回し、安堵の息を漏らす。

典型的な格好だけの小心者だった。

「楢山は来ねえのか？」

安本が訊く。甲高く、迫力に欠ける声だ。

「興味がねえって言ってました」

「俺の話に興味がねえだと？　どこまでナメくさってんだ、あのガキ」

奥歯を嚙んで、拳を握り、怒っているふうを演じる。

「無理くり、連れて来ましょうか？」

長尾が言った。

とたん、安本の眉尻が下がる。

「来たくねえってヤツはいらねえ」

強がる。

長尾は腹の中で嘲笑《ちょうしょう》した。

「で、話ってのはなんなんですか？」

話題を切り替えた。

安本は顔を作り直して、少し身を乗り出した。

「実はよ。近々、回生会から正式に盃《さかずき》もらうことになってんのよ」

自慢げに片笑みを覗かせる。

「それはそれは、おめでとうございます」

長尾は調子を合わせた。

「なんだがよ。ちょっと問題が起きちまってな」

そう言うと、安本は自分の右隣の男に顔を向けた。

矢田《やだ》という男だ。細身の男で、いつも紫ラメのスリーピースに身を包んでいる。

安本の仲間の中では、腕っぷしも頭もある方だった。

「末延《すえのぶ》の連中が、うちのシマを荒らしてきやがってな」

矢田が続けて話す。

末延というのは末延組のことだ。回生会と同じく、昔から新宿を根城にしていた暴力団だった。

末延組も回生会も小さな組織だったが、古参ということもあって、新宿ではそこそこの顔役だった。

「みかじめ、取られたんですか？」

「いや、こっちだ」

矢田が親指を口で吸うふりをした。

この頃、若者にはシンナーやトルエンといった有機溶剤を吸引する行為が流行っていた。簡単に、飲酒した時のような心地よさや多幸感が得られる一方、継続的に使用すると幻視や幻聴に見舞われたり、意識障害を引き起こすこともある。

さらに使い続ければ、失明したり、歯がボロボロに溶けたり、最悪、呼吸困難や神経障害で死亡する。

トルエンは、栄養ドリンクの小瓶に詰められ、売られていた。

親指を吸う仕草は、トルエンを売りますというサインで、客が車や徒歩などで近づき声をかけると、ビル陰や自動販売機の裏に隠したトルエン入りの瓶を持ってきて、渡していた。

覚せい剤やコカインを手に入れられないヤクザにとって、トルエンの販売はいいしのぎになっていた。

それだけに、客の争奪戦も激しく、それぞれの組で取り決めていた販売区画のラインを越えた越えないで、しょっちゅうトラブルが起きていた。

「ライン割ったくらいじゃないんですか？」

長尾が言う。

「だったら、うちも我慢もするがな。区画の三分の一まで入ってきやがったんだ」

「そりゃあ、いけませんねえ」

長尾はさらりと言い、安本を見た。

「で、盃もらう土産に、末延とやるってわけですか？」

黒目を覗き込む。

安本の目が泳いだ。

「バカやろう！　戦争仕掛けてどうすんだ！」

「いい機会じゃないですか。末延潰しゃあ、安本さん、回生に入ったとたん、金バッジ候補ですよ」

「そんなわけあるか！　そこいらのチンピラの喧嘩とは違うんだぞ！」

動揺が大声になってあらわになる。

「末延の連中が入ってきたシマを取り返すだけでいいんだ」

そう言い、安本は温《ぬる》くなったコーヒーをがぶ飲みした。

「なら、安本さんのお仲間だけで大丈夫ですね。なんせ、武闘派ですから」

周りの安本の仲間を見回す。

「まあ、大丈夫なんだがよ。念には念をで、おまえと檜山に手伝ってもらえねえかと思ってな」

「俺ら、関係ないっすよ？」

「そうだが、おまえと楢山が出張るとなりゃあ、末延の連中もヘタに手は出してこないかもしれねえだろ。できれば、無用な争いは避けてえと思ってな」

もっともらしく語るが、要するに、末延組の者たちと一戦交えず、メンツを保ちたいという話だ。

もっとデカい話なら、安本を利用して回生会に潜り込み、裏社会で生きるのも悪くないかなと思っていた。

が、安本の話は、そこいらの高校生の喧嘩と変わらない。しかも、その程度の戦いすら、自分たちでまともに解決しようとしない。

こんなのがヤクザになれるのかと思うと、正直、幻滅した。

「あいつの言うとおりだったな……」

長尾はぼそりとつぶやき、コーヒーを飲んで、大きく息をついた。

「楢山はともかく、おまえは手伝ってくれるだろ？」

安本が言う。

長尾は立ち上がった。

「すみません、安本さん。世話にはなりましたが、俺は手伝えません」

「おい、ちょっと待て。手伝ってくれたら、おまえも回生に紹介して――」

「やっぱ、ヤクザはつまらなそうなので、遠慮しときます。では、失礼します」

一礼し、ボックスから出ようとする。

右横にいた男が立ち上がった。長尾を睨んでくる。

「おまえ、俺に恥をかかす気か？」

安本が下から睨み上げてくる。

長尾は冷めた目で見下ろした。

「安本さんが末延潰すってんなら、協力もしましたけどね。ガキの喧嘩はもうやらねえって決めてますんで」

「ガキだとこら！」

右横の男が、鼻先が付くほど顔を突き出してきた。

長尾は静かに見返した。

「本気でやり合うなら、やりますよ」

目力を込める。

男は怯んで後退《あとずさ》りをした。

長尾はもう一度礼をして、喫茶店を後にした。

矢田が安本に顔を寄せた。

「安本さん、あのガキ、このまま行かせていいんですか？」

「今日のところは帰しとけ。落とし前は付けさせるからよ」

安本は長尾の背中をねちっこい蛇のような目で睨みつけた。

## 3

「おう、檜山いるか？」

翌日の朝、檜山の教室に細身で長身の男が入ってきた。

周りの生徒たちがざわつく。檜山も目を向けた。ちょっとシャレた中ランを着て、ズボンもツータックのすっきりとしたものだった。

髪はサラサラのセンター分けで、ブラウン縁の眼鏡をかけている。

そいつがするすると檜山の机に歩み寄ってきた。

「誰だ、てめえ」

檜山は睨み上げた。

「誰って、俺だよ、俺」

眼鏡をはずし、前髪を手のひらで掻き上げる。剃り込みが入っていて、眉も細い。

「長尾か！」

楢山は目を丸くした。

「なんなんだよ、そのナンパな格好は」

「俺、もう不良やめたんで」

前髪を下ろして手櫛で整え、にやりとする。

「どうだったんだ、安本は？」

「おまえの言う通り、つまらねえ話だったよ。あいつら見て、ヤクザは先がねえなと思ってな。大学にでも行って、キャンパスライフを楽しんでこようかと思ってよ」

「大学？　おまえ、行けるつもりか？」

「バカ。こう見えても、成績は悪くねえんだぞ。内申《ないしん》でやられたら、仕方ねえけどな」

長尾が笑う。

「というわけでよ。試験終わるまでは、しばらく夜の街も控えて、本気出すわ」

チャイムが鳴る。

長尾が立ち上がった。

「安本さんには、おまえも話にゃ興味がねえと伝えといたから、安心しろ。もう、俺らには声かけてこねえよ」

右手を挙げて、教室を出て行く。

「こら！　授業だぞ！　おまえ、何組だ？」

怒鳴り声が聞こえるが、教師も長尾だと気づいていないようだった。

思わず、笑う。が、その顔から笑みが消えた。

長尾が安本に取り込まれなかったことには安心した。

一方、つい昨日まで、自分と一緒にフラフラしていた男が、理由はどうあれ、進路を決めた。

見た目を百八十度変えた長尾は、本気なのだろう。

ちゃらちゃらしているように見えて、やる時はやる男だと知っている。

どうすっかなあ、俺は……。

楢山はため息をついて、窓の外を見つめた。

## 4

安本と会って、一週間が経っていた。

長尾は学校帰りに歌舞伎町に寄ることもなくなり、授業が終わると直帰して、受験勉強に励んでいた。

狙いは、東京六大学のいずれかだ。東京大学はさすがに厳しいかと思いつつ、どうせなら試してみたい。

進路相談でその話をすると、担任は大笑いし、噂を耳にした同級生やたまにつるんでいた不良仲間は陰で失笑していた。

ただ一人、楢山は笑わなかった。

おまえが本気なら、死ぬ気でやれよ、と背中を押してくれた。

長尾は、楢山のそういうところが好きだった。

斜に構えて、ひねくれているように映るが、他人の本気は決して笑わない。

楢山が何か目標を定めて動き出したら、きっと一流になるだろう。その時は、今度は自分が楢山の背中を押してやりたいと思っている。

長尾は学校の帰りに、久しぶりに歌舞伎町へ出向いていた。

大型書店で赤本を買うためだ。

六大学の過去問を徹底的に解いて、試験に臨むつもりだった。

なにせ、時間がない。こういう時は、いろんな参考書を買い込むより、過去問を解きまくって傾向を探り、穴を潰していくのが、短時間で合格に近づく最適の方法論だということを、長尾は経験的に知っていた。

二十冊ほどの赤本を買い込み、店を出ると、後ろから声をかけられた。

「おい、長尾」

立ち止まって振り向く。

矢田と、安本の手下二人がいた。

「なんだ、おまえ。その形《なり》は？」

矢田が笑う。

「リーゼントには飽きたからよ。じゃあな」

冷たく返し、駅へ向かおうとする。

「ちょっと待て」

矢田が長尾の肩を握った。長尾は首を傾け、肩越しに矢田を睨んだ。

「ここでやろうってのか？」

「勘違いするな。ちょっと避《よ》けよう」

矢田と他二人が壁際に移動する。長尾もついていった。矢田と向き合う。

「なんだ？」

矢田を睨む。

「こないだはすまなかったな、呼び出してよ」

「別にかまわねえけど」

「そうだろうけど、ちょっと面倒なことになっちまってな」

「あんたらの面倒、俺には関係ねえ」

「関係あるんだよ」

矢田が周囲を見回して、顔を寄せてきた。

「あの時、茶店《さてん》にいた末延の連中が、俺たちが一緒にいるところを見てたみたいなんだ。で、おまえがうちらに付いて、末延を襲うって話が流れちまってよ」

小声で言う。

「冗談じゃねえよ」

「その通り、シャレにならねえ話だ。安本さんは、これ以上、おまえらに迷惑はかけられねえからと、自ら末延の連中に接触して、おまえも檜山も関係ねえと言ったんだがな。あいつらは信じてねえみたいでよ。ひょっとしたら、ちょっかいかけてくるかもしれねえ。その時は、争わず、俺か安本さんに連絡してくれ」

「いいですよ。やっちまいますから」

「おまえ、本物を舐めるな。それこそ、ガキの喧嘩じゃねえ。後ろ盾を持たねえヤツが跳ねると、根こそぎいかれちまうぞ」

矢田が長尾を見据える。

長尾も見返していたが、ふっと笑った。

「わかったよ。俺も面倒はごめんだ」

「気をつけてな」

矢田は長尾の二の腕を叩くと、他の二人と共に去っていった。

長尾はため息をついて、駅へ向かった。

## 5

矢田からの忠告があって、二日、三日と時は経つが、特段、変わったことはなかった。

ただ、それはそれで気になる。

安本の関係者、特に切れ者の矢田がわざわざ接触してきて、何もないとは考えにくい。

その日も、下校時刻になった。

長尾は教科書をカバンに詰め込んで、さっさと学校を出ようとした。

「よお、長尾」

下駄箱のところでばったり檜山と出くわした。

「おう、久しぶりだな」

長尾は笑顔を向けた。

「帰りか？　早えな」

檜山が言う。

「さっさと帰って根《こん》詰めねえと。東大くらい簡単に行けると思ったが、甘くねえな」

長尾は靴を履き替えた。

「じゃあな」

楢山の横を過ぎようとする。

楢山が肩を握った。長尾が立ち止まる。

「なんかあったか？」

「なんのことだ？」

長尾は笑みを見せた。

と、楢山は握った肩を下駄箱に押し付けた。

「近頃、俺を避けているだろ」

「勘違いすんな。勉強に忙しいだけだ」

「なら、いいんだがよ」

楢山は顔を近づけた。

「おまえ、ほんとに安本と話がついてんのか？」

「当たり前だ。あれ以来、会ってねえ」

「本当か？」

「嘘言っても仕方ねえだろ」

長尾はやんわりと楢山を押し離した。で、にやりとする。

「なんだよ、おまえ。彼女に振られたような面《つら》してんな。そんなに俺が好きか？」

「ふざけんな」

檜山は胸ぐらをつかんだ。

すると、怒鳴り声が聞こえた。

「こら、檜山！　長尾！　何してるんだ！」

教師の声だった。二人を睨みながら、近づいてくる。

「連中がちょっかい出してきてるなら、俺に言え。おまえはもう未来を決めたんだ。俺がカタを付けてやるから」

早口で言い、長尾を押し離した。

「おまえら、また喧嘩してるのか！」

男性教師が、腰に手を当てて仁王立ちし、二人を交互に睨みつける。

「喧嘩なんかしてないっすよ。ちょっと話してただけです」

長尾は捩《よじ》れた胸元を整えた。

「長尾。おまえ、本当に大学へ行く気があるのか？」

「もちろんです。ちゃんと朝っぱらから来て、最後まで授業に出てるでしょう。身なりまで変えたんです。内申に余計なこと書かないでくださいよ。一人の若者の未来を先生が潰すことになる。そんなことになったら、俺は一生、先生を恨みますよ」

長尾がまくしたてた。

「わかったわかった。さっさと帰れ」

男性教師は右手の甲を振った。

長尾が檜山の背に手を当てる。檜山も背を向けようとした。

「檜山はちょっと来い」

「なんっすか」

「おまえ、まだ進路が決まってないだろう。話し合いだ」

「また、今度に」

檜山が帰ろうとする。

男性教師は襟首をつかんだ。

「いいから、来い！」

檜山は男性教師に引っ張られていった。

長尾は大笑いして、手を振った。檜山が教師と消えて、振り返る。

とたんに、真顔になった。

「鋭いヤツだな……」

小さく息をつく。

確かに、矢田と会ってからは特に、檜山との接触を避けていた。

学校内ではもちろんのこと、校外へ出てからは並んで歩くこともしていなかった。

もし、楢山と歩いている時に何か事が起これば、楢山を巻き込んでしまうことになる。

あの時、楢山は安本に会いに行くなと止めた。楢山の言うことを聞いていれば、厄介を引き寄せることもなかった。

裏の社会に少し色気を出してしまった自分のせい。自業自得だ。

何かあったとしても、楢山は巻き込みたくない。

ほとぼりが冷めるまで、距離を置いておこうと決めている。

安本たちも、長尾が大学に合格したと知れば、仲間へ引き込むことをあきらめるだろう。

卒業するころには、また楽しくやれる。

そう思っていた。

学校を出た長尾は、十二社《じゅうにそう》通りを渡り、新宿中央公園へ入った。

今でこそ、西新宿の高層ビル群で働く会社員や都庁職員らのオアシスだが、当時はまだ、一帯にビルはなく、ようやく京王《けいおう》プラザホテルが開業したところだった。

現在の東京都庁舎がある場所には、淀橋《よどばし》浄水場があり、現在の東村山《ひがしむらやま》浄水場への移転が進められているところだった。

西新宿一帯にはまだ民家も多く、公園を利用しているのも近隣の住人が多かった。

なので、夕方を過ぎると、ひと気も少なくなっていた。

長尾は歩道を進みながら、駅へと向かっていた。

背後に気配を感じた。少し首を傾け、肩越しに後ろを見る。男が二人いた。

長尾はナイアガラの滝の裏にある白糸《しらいと》の滝の脇道を横切った。普段はそのまま階段を降り、水の広場に出るところだが、わざとそちらには向かわず、芝生広場へ足を向けた。

また肩越しに見る。男たちはついてきていた。若干、距離も詰めている。

区民の森と呼ばれているエリアの外周の遊歩道を一周して戻る。男たちはまだついてくる。

長尾は立ち止まって、ため息をついた。

「仕方ないか……」

森の遊歩道に入っていく。

男たちがついてきた。緩やかなカーブを曲がった瞬間、歩道を外れ、木の幹に姿を隠した。

男たちが走って来た。脇を過ぎる。

長尾はカバンを幹の下に置き、遊歩道に歩み出た。

「おい」

背後から声をかける。

男たちはびくっとして立ち止まった。

「おまえら、誰だ？」

長尾は歩み寄ろうとした。

その時、背後に気配を感じた。顔だけ振り向ける。さらに二人の男が長尾を見据え、近づいてきた。

少し距離を取って、立ち止まる。あとから現われた男の一人は鉄パイプ、もう一人は金属バットを持っている。

長尾を付けてきた男たちも振り向いた。二人とも手にナイフを握っていた。

遊歩道に殺気が漂う。風が吹き、枝葉が揺れて音を立てた。

長尾は横を向いた。四人の敵を左右に見る。

「おまえら、道具呑んでるってことは……」

手のひらに唾を付け、前髪を撫で上げた。まだうっすらと毛が生えただけの剃り込みが見えた。

「殺し合いってことでいいんだな？」

目尻が吊り上がった。黒目が小さくなり、鬼のような顔つきになる。

凄まじい殺気が噴き上がる。左右を囲んでいた男たちが気圧《けお》され、少し後退りをした。

「最初にぶち殺されてえのはどいつだ？」

黒目を左右に振って、相手を見る。四人とも怯んでいる。

左手にいた男がナイフを投げてきた。

長尾はしゃがんだ。ナイフは回転しながら頭上を行き過ぎた。

武器を手にした残りの三人が、左右から一気に攻めてきた。

鉄パイプを持った者が、しゃがんだ長尾の頭に振り下ろしてきた。

長尾は前方に飛んで転がった。的を失った鉄パイプが歩道を抉《えぐ》る。

バットを持った男が低くスイングし、長尾の体を狙ってきた。

長尾はジャンプした。瞬間、男の位置を目で認め、右の横蹴りを放った。靴底が男の顔面を捉えた。

男は後方に吹っ飛び、背中から落ちた。手からバットがこぼれ、カラカラと鳴る。

着地したところに、ナイフを持った男が突っ込んできた。背を低くして、ナイフを握った右腕を突き出す。

長尾は左足を男の懐に踏み入れ、自分の左腕を男の右腕の内側に当てた。少しだけ外へ押し出す。

長尾の左腕を滑る男の腕は、軌道を変えた。脇腹を狙っていた切っ先が空を切る。

男の体が長尾に傾く。

長尾は右拳を握り、腰をひねった。強烈なボディーアッパーを男の腹に叩き込む。

男の腰が浮き上がった。目を剝いて呻《うめ》き、胃液を吐き出す。

長尾は男の背中に手を回して握り、もう一発、ボディーアッパーを叩き込んだ。

男の口から血が噴き出た。長尾の制服に血がかかる。

「汚ねえなあ。弁償しろよ」

至近距離から右肘を回す。

こめかみに肘をくらった男は、白目を剝いた。

長尾が手を離すと、男はその場に両膝を落とした。

男のナイフを拾い、鉄パイプの男を見据える。

「ほら、来いよ」

長尾がにじり寄る。

男はパイプを剣のように構え、じりじりと下がる。

「来ねえなら、こっちから行くぞ」

男にナイフを投げつける。

一瞬男が、身を竦《すく》めた。長尾から目線が外れる。その隙に、長尾は一気に間合いを詰めた。

男の首筋を狙い、右回し蹴りを放つ。

男が顔を上げた。目の前に迫った長尾を見て、体が固まる。

振り抜けば、鉄パイプを持った男も一撃で沈む。

確信した時だった。

パンと炸裂音が弾けた。木々の間で休んでいた鳥が一斉に飛び立つ。

長尾は足を振り抜いた。パイプ男の首筋に甲が食い込み、男が横倒しになる。

長尾はそのまま回転した。

右脚を下ろす。が、そのまま左膝が落ちた。立とうとすると、痛みが走った。

なんだ……？

左脚を見る。腿から血が出ていた。

顔を上げて正面を見る。

最初にナイフを投げた男の手に、黒い塊があった。

「なんだ、そりゃ……」

長尾は左脚を震わせ、立ち上がる。

「チャカなんか出しやがってよ。上等じゃねえか……」

足を引きずり、男に迫る。

男は銃を構えたまま、後退した。

「殺《や》れよ。殺ってみろや、おら！」

怒声を放った。

男は叫びながら、二発、三発と発砲した。男も震えているからか、なかなか弾は当たらない。

長尾は気力を振り絞り、地を蹴った。男に迫る。

後ろに走る男の足がもつれ、尻もちをついた。長尾は飛びかかった。

その時、銃声が轟《とどろ》いた。

長尾は男をまたいだ。首を押さえつけ、右拳を振り上げる。

男の顔が引きつっていた。引き金を引くが、カチカチと音を立てるだけ。

長尾は男を睨みつけ、拳を振り下ろそうとした。

男が目をつむり、両腕で顔を防いだ。

が、拳は落ちてこなかった。代わりに、長尾の体が倒れてきた。

男は長尾を押しのけた。仰向けに転がった長尾の腹から血がドクドクとあふれていた。

男は血まみれになった自分の姿を見て、持っていた拳銃を投げ出し、その場から逃げた。

「待て、こら……ぶち殺……す……」

長尾は逃げていく男の背中を睨んだまま、意識を失った。

## 6

担任の男性教師から事情を聞かれ、長尾の入院を知った楢山は、西新宿病院へ駆けつけた。

受付前のロビーには、制服警官や刑事たちがいる。

楢山が受付に駆け寄ろうとすると、スーツ姿のオールバックの中年男性が声をかけてきた。

「楢山」

警視庁西新宿署少年課の只見《ただみ》だった。

只見は新宿界隈の不良少年たちには知られた存在だ。大柄で目つきも鋭く、野太い声で時に少年たちを叱りつけるが、更生支援にも熱心で、ワルどもからも認められている。

楢山も、街で喧嘩をした際、何度か只見の世話になっている。

楢山は只見に駆け寄った。

「只見さん、長尾は！」

「面会謝絶だ」

只見は太い眉を寄せた。

「何があったんですか」

「詳しいことは今調べているところだが、撃たれた」

只見が話す。

楢山の顔が険しくなった。

「楢山、長尾が最近付き合っていた連中は誰だ？」

只見が訊く。

「……知らないっす」

「思い出せ。相手は銃まで持ち出している。もう、ガキの喧嘩じゃない。知っていることは話せ。今、すぐ」

只見はいつになく強い口調で言う。

そこには只見の怒りが滲んでいる。楢山や長尾に怒っているわけではない。少年たちを無慈悲に傷つける暴力に対する怒りだ。

その思いはひしひしと伝わってくる。

しかし……。

「本当にわからないんですよ。あいつ、大学への進学に向けて、このところ俺ともつるまず、真面目に学校に来て、直帰して勉強してましたから」

「過去に恨みを買ったヤツは？」

「そりゃわからんです。俺と長尾は喧嘩を売ってきたヤツは容赦なくぶちのめしてましたから。その中にいるのかもしれねえけど、三年になってからは、俺らに逆らうヤツもいなくなりましたから」

楢山は自分でも驚くほど、すらすらと答えた。

只見はじっと楢山を見つめた。楢山は普通に見返した。

「わかった。何か気がついたことがあれば、すぐ俺に連絡しろ。今日は長尾には会えん」

「大丈夫なんですか、長尾は？」

「弾は急所を外れ、貫通していた。出血が多いんで、予断は許さんが、手術はうまくいった。おまえも家に戻って、おとなしく長尾の無事を祈ってろ」

二の腕を叩く。

只見は制服警官に呼ばれ、楢山の下《もと》から離れた。

楢山は長尾が寝ているであろう病室の方を見上げると、踵《きびす》を返した。

病院を出る。

すれ違った看護婦が、楢山を見てぎょっとし、端に避けた。

楢山の顔は修羅《しゅら》のようだった。

## 7

安本は、仲間の溜まり場にしていた歌舞伎町のバーにいた。

カウンター内にいる女性バーテンダーは、安本の女だった。

仲間内の会合場所として使う時もあれば、ぼったくりに使うこともある。

その日、店は閉まっていた。

中には安本や矢田、他の仲間が数名しかいない。重苦しい顔つきで、誰もが押し黙ってうつむいている。

ドアがノックされた。

全員がびくっとして、ドアの方を見た。

ドアの近くにいた小川《おがわ》がそろそろと近づく。

「俺だ。中山《なかやま》だ」

ドアの外から小声が聞こえてきた。

「中山です」

小川は矢田を見た。矢田がうなずく。

小川は鍵を開けた。ドアを少し開ける。中山がスッと入ってくる。小川は少しだけ廊下の左右を見て、すぐにドアを閉め、鍵をかけた。

「どうだった？」

矢田が訊く。

中山は仲間から水を一杯もらって飲み、口元を手の甲で拭った。

「四人のうち、三人はパクられました。長尾に銃をぶっ放したヤツは逃げてます。だいぶ捜したんですが、まだ見つかりません」

「何やってんだ、てめえら！」

安本が持っていたグラスを中山に投げつけた。

中山が避ける。グラスは後ろの壁に当たって砕け、水割りや氷と共に破片が飛び散った。

「誰がチャカなんぞ持たせたんだ！」

全員をぎろりと見回す。

みな、互いの顔を見合わせ、顔を横に振る。

「長尾のことは、夜の街の人間なら知ってるんで、ビビって勝手に用意したんじゃないですかね」

矢田が言う。

「勝手な真似を……」

安本が吐き捨てる。

「まずいぞ、矢田。捕まった連中か、逃げたヤツがゲロすりゃあ、俺らがサツにパクられる。チャカを使ったバカが末延か回生に捕まりゃあ、こっちがケジメ取らされるぞ」

「そりゃ、心配ないっすよ。こっちに辿り着かねえよう、二重三重のフィルターかけてますから。今回、長尾を襲撃した連中は、昔、長尾にやられて、恨みを持っていたヤツらです。あの夜、長尾が俺らと会ったことを知ってるのは、ここにいる連中だけですから」

矢田は安本を落ち着かせようとした。

安本は矢田と他の部下に、長尾の襲撃を命令した。

しかし、ただの報復ではなく、長尾を襲ったのは末延組の者だと思わせることが重要だった。

そこで、矢田を長尾と接触させ、末延組の連中がちょっかいを出してくるかもしれないと含めた。

長尾がそのまま信じるとは思わないが、それでいい。

長尾を襲った後、長尾から聞いたという口実で、自分たちのシマを奪った末延組の連中に喧嘩を売ることができる。大義があれば、回生会の援護も得られる。

また、長尾が楢山に、安本たちの事情を話している可能性が高い。矢田の忠告を伝えていれば、長尾をやったのが末延組だと勘違いし、潰しに行くだろう。

そうなれば、自分たちは無血で、末延組のシマを取れる。

どう転んでも、自分たちには損のない策になるはずだった。

が、矢田を通じて用意したチンピラは、よりによって、長尾を銃で撃った。長尾は一命を取り留めているようだが、銃を使った傷害事件となれば、警察が黙っていない。

もっと厄介なのは、末延組と回生会だ。彼らも、長尾の銃撃を端緒に痛くない腹を探られたくないので、誰が銃を使ったのか調べ上げ、捕まえれば、出所を吐かせた上で警察に差し出すだろう。

安本たちが渡した銃でないにしても、長尾の襲撃を指示したのが安本だという事実には、警察か組関係者がいずれ辿り着く。

「ちょっと痛めつけるだけでよかったのによお……」

安本がテーブルを蹴飛ばす。

矢田以外の部下がびくっとした。

「まあまあ、安本さん。そんなにピリピリすることはありませんって。サツでも組でも、なんか言ってきても、シラを切り通しちまえば――」

話していると、いきなり、ドアからドンと音がし、揺れた。

安本がソファーで跳ね、身を竦めた。

全員がドアの方を見る。

ドアは激しく音を立て揺れる。

矢田や他の仲間は、安本の前に壁のように立った。全員が手にナイフやアイスピック、酒のボトルといった武器を握る。

室内に緊張が走る。

ドアの蝶番《ちょうつがい》がぎしぎしと音を立てる。一段大きな音がした瞬間、蝶番が飛び、ドアが破られた。

吹っ飛んできたドアに当たった仲間の一人が、ドアを抱いて背中から壁に激突した。

矢田たちは腰を落とし、臨戦態勢に入った。

ぬらりと大きな影がドア口に立った。

「楢山か」

矢田が声をかける。

楢山は返事もせず、全員を睥睨《へいげい》した。あまりの眼圧に誰もが震え上がる。

楢山は安本を見据え、中へ進んだ。

「こら、待て」

中山が楢山の前に立ちふさがる。

楢山は中山の顔を見もせず、左腕を水平に振った。裏拳が中山の頬にめり込んだ。顔の左半分がひしゃげ、真横に吹っ飛ぶ。

壁に頭を打ちつけた中山は、そのままずるずると崩れ落ちた。

安本だけを見て、前に進む。

「楢山、落ち着け」

矢田が前に立ち、楢山の右肩を押さえる。

楢山は矢田の肩を握り返し、頭を振った。矢田も額を突き出す。骨がぶつかり合う鈍い音がした。矢田の額が割れ、つつつ……と血が流れる。

「落ち着けと言ってんだろうが」

矢田は額を合わせたまま、楢山を睨んだ。

「殺すぞ」

楢山は静かに言った。

「あ？　てめえ、誰に言ってんだ？」

「殺すぞ」

楢山は矢田の黒目を睨んだ。

矢田の顔が引きつった。強烈な殺気を浴び、鳥肌が立つ。思わず、右手に持っていたナイフを持ち上げようとする。

が、腕が上がらない。知らぬ間に、楢山に手首をつかまれていた。

矢田の手首を握り絞る。矢田の顔が歪む。指が開き、ナイフが足元に落ちた。

楢山は手首を握ったまま、右手で胸ぐらをつかんだ。持ち上げる。矢田の細い体が浮き上がった。

楢山はそのまま力に任せて、矢田を左側に放り投げた。

矢田の体が横向きに飛んだ。仲間二人が矢田を抱える。仲間二人は勢いで矢田を抱えたまま後ろに倒れた。

矢田の体が放り出され、テーブルに落ち、天板を砕いた。仲間二人も尻と背中から落ち、呻く。

規格外の強さに、残りの者たちは固まって動けなくなっていた。

楢山は安本の前のテーブルを握った。そのまま片手でカウンターに放り投げる。棚に並んだボトルが砕け、酒が飛び散った。

安本は悲鳴を上げ、両膝を引き寄せ、ソファーの上で丸まった。

楢山は右腕を伸ばし、安本の襟首をつかんだ。安本は身を強ばらせた。

「楢山！　落ち着け！　落ち着いてくれ！」

「おまえ、長尾に何をさせようとしたんだ？」

「俺は何も――」

安本がとぼけようと目を逸らす。

楢山は左手で安本の胸ぐらをつかみ、壁に押し付けた。安本は背中を打ちつけ、息を詰めた。

「何をさせたんだ！」

ガンガンと背中を何度も打ちつける。

「い……今、末延と揉めててよ！」

たまらず、安本が言った。

楢山は安本を壁に押し付けたまま、見据えた。

「で、うちのシマを奪った末延の連中をやってくれねえかと頼んだんだ！　長尾は断わったが、俺と会ってたところを末延に見られちまってよ。で、襲われたんだ！」

　安本は途中からストーリーをでっち上げた。

「長尾をやったのは、末延か？」

「ああ。武蔵野ビルあたりでトルエン売ってる連中だ。連中がやった」

「なぜ、わかる？」

　楢山が睨む。

　安本の頬が引きつった。

「確証はねえが、チャカまで使ったとなりゃあ、ただのチンピラじゃねえだろ。連中がチャカ握ってんの見たことあるしな」

　安本は楢山を見て、言った。

　黒目がちらっと楢山の背後に向く。一瞬のことだったが、楢山は見逃さなかった。

　背後で気配が揺れた。

　楢山は安本を握ったまま、半回転した。安本が楢山の盾となる。

　安本が呻いた。両目をカッと見開く。

　安本の背後には、血まみれの矢田がいた。腰を低くし、手にナイフを握り、ぶつかってきている。

「おまえ……」

安本が首を捻じ曲げた。

檜山は安本を突き飛ばした。矢田が倒れる。矢田の上に安本も倒れ込んだ。

安本がさらに目を剝いた。口から血が噴き出る。

「安本さん！」

周りの仲間が集まってきた。

安本を抱き上げると、矢田がナイフを握ったまま、動揺して震えていた。

「何やってんだ、あんた！」

一人が矢田の手にあるナイフを手首ごと蹴り飛ばした。

ナイフが手から離れ、回転してソファーに突き刺さる。

それをきっかけに、安本の仲間たちは矢田に暴行を始めた。

誰も檜山にかかってこようとはしない。安本すら放置している。まるで、すべての責任を安本と矢田に押し付け、自分たちは関係ないと言いたげな行動だった。

離れたソファーの傍らに座り、両腕をかけてうつぶせになっている安本に近づく。

しゃがんで、髪の毛をつかみ、顔を上げさせる。それでも、安本の仲間は檜山が見えていないかのように、矢田への暴行を続けていた。

「見てみろ。誰もおまえを守ろうとしない。しょせん、おまえの器なんざ、この程度のもんだ。組に入るのはやめとけ。一年も経たねえうちに、東京湾に浮かぶぞ」

「うるせえ。長尾の仕返しはしねえのかよ」

安本は脂汗を流しながら、楢山を睨んだ。

「おまえらがやったんだろ、長尾は？」

安本を睨み下ろす。安本の黒目が揺れた。

楢山はふっと笑った。

「まあいい。どうせ、おまえらはしまいだ。が、万が一ってこともあるから、末延もぶっ潰してくるわ。盛大に、安本さんに頼まれたと触れ回っといてやるからよ。あとは、がんばれ」

「おい、それは……」

「そうしたかったんだろうが。やってやるからよ。感謝しろ」

「もういい、楢山」

安本が楢山の腕を握る。

楢山はその腕を振り払った。立ち上がる。

「楢山！　長尾をやったのは俺らだ！　末延は関係ねえ！」

安本が叫ぶ。

が、楢山は無視をして、店を出る。

「楢山！　やめろ！　やめてくれ！」

安本の叫びは、廊下にまで響いた。

## 8

新宿中央東口のロータリー南端のビル陰にパンチパーマをかけて開襟シャツを着た人相の悪い男が三人、集まっていた。

自動販売機を囲むようにヤンキー座りして、タバコを吸っている。

「今日は、安本たちいねえな」

「逃げたんじゃねえの？」

一人が笑う。

「でもよ、安本、回生に入るって話だぜ」

別の男が言った。

「入るわけねえだろ。あんなチキンが入ったら、回生もしまいだ」

「だな。餌ぶら下げて、こき使ってるだけだろ？　でねえと、俺らが隣の回生のシマ奪ったとたんに、本体が出てきてるはずだ」

「それもそうか。戻ってきたら、もっといびってやろうぜ」

好き勝手なことを口にし、大笑いしている。

周囲を通る者は少し遠巻きに急ぎ足で過ぎていく。

その流れに逆らうように、楢山は男たちの下へまっすぐ歩いた。

立ち止まって、男たちを見下ろす。

「あ？　なんだ、てめえ？」

「トルエン売ってる末延の連中ってのは、おまえらか？」

楢山が言うと、目の前の男が立ち上がった。

「こら、ガキ。言いがかり付けてんじゃねえぞ」

メガネを下げ、下から睨み上げてくる。

「トルエン売ってる末延かって訊いてんだ」

楢山は見下ろした。

と、別の男が立ち上がった。背の高い男だ。楢山の横に来て、肩に手を回す。

「なあ、兄ちゃん。何か知らんが、つまらねえ跳ね方しねえほうがいいぜ」

男は左手をポケットに入れた。手を動かすと、ポケットの先が尖る。

「俺ら、ここらで遊んでる素人じゃねえからよ。あまり舐めた真似されると、やんなきゃならねえんだよ。今日は見逃してやるから、おとなしく帰りな」

ぽんぽんと肩を叩き、離れようとする。

楢山は男の肩に腕を回し、引き寄せた。

「おまえらだよな、安本からシマ奪った末延の連中は」

肩を握る。

男は顔をしかめた。たまらず、片膝を落としそうになる。

「おまえ、安本の使いか？」

「安本は潰した。次はおまえらだ」

檜山は右拳を固め、男の腹に叩き込んだ。

男は目を剝いて前のめりになった。胃液を吐きだす。

「クソガキが！」

初めに声をかけてきた男が腰に手を回した。差していた匕首《あいくち》を出し、鞘《さや》から抜く。

最後まで座っていた男が、タバコを落とした。

「やべえ……。こいつ、檜山だ」

立ち上がりざま、走って、一本先の路地に駆けこんでいく。

檜山は殴った男から手を離した。男がその場に両膝から頽《くずお》れ、伏せた。

檜山は匕首を握った男と対峙した。男は何度も柄を握り、檜山を睨む。

「来いよ」

檜山は仁王立ちした。

男はじりじりと右に左に動くが、なかなか入ってこない。

「来いよ！」

通行人が立ち止まるほどの怒鳴り声が轟いた。

男が目を剝いて、柄の底に左手のひらを添え、腰を落として突っ込んできた。

檜山は左脚を引いて、半身になった。男の前から檜山の腹部が消える。

檜山は右脚を踏み込んだ。男の横に並ぶ。そして、右腕を振り上げ、拳を打ち下ろした。

男が匕首を水平に振ろうとする。が、間に合わなかった。

男のこめかみに拳が炸裂した。

男の体が真横に弾かれた。そのままアスファルトに叩きつけられる。側頭部をしたたかに打ちつけた男は、バウンドし、そのまま足元に沈んだ。

と、一本先の路地から、五人の男が現われた。

「何やってんだ、おら！」

逃げた男が仲間を連れて戻ってきた。

檜山を取り囲む。見知った顔があった。同じ中学校の二年先輩の星野《ほしの》だ。安本と同じく四十五度の小さな眼鏡をかけている。

「檜山、どういうつもりだ？　うちと喧嘩するってのか？」

「末延も回生も関係ねえ。おまえらがくだらねえもん売ってるから、面倒が起こるんだ。トルエン売りなんざ、消えちまった方が、みんなのためになる」

「正義の味方気取りか？　上等だ。覚悟しろ」

星野が匕首を抜いた。他の男たちも匕首を抜く。

楢山は右横の男にいきなり殴りかかった。楢山の右ストレートが顔面を捉える。男は後方に吹っ飛び、路上を二度、三度と転がった。

背後と左横から男たちが匕首を突き出してきた。楢山は回転した。左から来た男が楢山の脇を過ぎた。上着の裾が切れる。

かまわず、後ろから迫る男に右回し蹴りを繰り出した。

不意に飛んできた蹴りを避けられず、男は首筋に脛《すね》を食らった。

楢山は脚を振り抜いた。男は真横に飛び、路上に倒れた。

右側から二人の男が並んで突っ込んできた。同時に切っ先を突き出す。

楢山は自ら右脚を踏み出し、両手のひらを前方に出した。二人の男の頭をつかむ。切っ先が腹部ギリギリで止まる。

楢山は二人の男の頭をぶつけた。男たちの頭が跳ね、上体が起きる。

すかさず、左右のフックを繰り出し、男たちを殴り飛ばした。

左の目の端に光がよぎった。右脚を引き、上体を逸らし、気配を避ける。すぐさま、光が下から上がってくる。楢山は後ろに飛び退き、距離を取った。

「さすが、強えな、楢山」

星野は匕首を右、左と持ち替えていた。

楢山は少し右脚を引いて、半身になった。

星野は、安本やそこいらの雑魚《ざこ》とは少々違う。喧嘩は強い。特に、刃物を使わせたら、近隣の学校を含めても右に出る者はいなかった。

「おまえとはやり合いたくねえんだが、こっちにはメンツってのがあるんでな。悪く思うな」

ナイフを８の字に振り、間合いを詰めてくる。

楢山は顔の前に前腕を立てた。手の甲を相手に向けている。

星野は細かく左右にステップを切りながら、上下巧みに切りつける。楢山も避けてはいたが、切っ先はよく伸び、袖が切れ飛び、皮膚を掠めた。

星野が不意に正面から、切っ先を突き出してきた。

楢山は左脚を引いて半身になって避ける。右脚を踏み込み、横から星野を殴ろうと右腕を引きかけた。

と、星野は手の中で匕首を逆手に持ち、回転しながら腕を後ろに振った。

楢山は気配を感じ、とっさに足を止め、腹を引っ込めた。

切っ先はシャツを裂き、腹筋の皮を横一文字に切り裂いた。

檜山は地を蹴って、距離を取った。腹の傷から、血があふれる。

「たいしたもんだ。俺の十八番《おはこ》を避けきるとは。これはどうだ？」

不意に下手で匕首を投げてきた。

檜山は脚を引いて、回転する匕首を避けた。一瞬、星野から目が離れた。

次の瞬間、星野は檜山の眼下にいた。ナイフを握っている。左脇腹を狙っていた。

檜山はとっさに腹を引き、体を丸めた。左前腕で脇腹をカバーする。その腕にナイフがめり込んだ。

痛みが脳天を貫く。が、手首を返し、星野の髪の毛をつかんだ。

右腕を振り上げる。髪の毛を握ったまま、拳を星野の左眼付近に打ち下ろした。

拳が眼鏡を砕いた。そのまま拳を振り切る。割れたグラスが左眼とその周辺に突き刺さった。

二度、三度と打ち下ろす。髪を握る左手にずしりと重みを感じる。

「檜山！　やめろ！」

大声が聞こえた。

しかし、檜山は止まらない。右腕を振り上げる。

駆けてきた中年男性が、檜山の脇から両腕を通し、引き寄せた。

只見だった。

楢山は星野から引き離された。手を離すと、星野は前のめりに倒れ、顔面をアスファルトに打ちつけた。

制服警官も十数人駆けつけてきていた。誰かが通報したのだろう。転がっていた星野や末延組の男たちが手錠をかけられ、運ばれていく。

パトカーや救急車も来て、現場は騒然となった。

只見は楢山の胸ぐらをつかんで引っ張った。

「乗れ」

パトカーの後部座席に押し込む。

楢山は素直に乗り込んだ。隣に、只見が座る。

楢山はそのまま所轄署に連行された。

## 9

楢山は取り調べで、すべての事実を話した。

安本たちは検挙され、トルエンを売買したことによる、毒物および劇物取締法違反やその他、銃刀法違反、暴行容疑など、複数の罪状で起訴されることになった。

星野たち、末延組の関係者も同様の罪で起訴された。

それを機に、警視庁は新宿界隈でのトルエン売買の取り締まりを強め、関係している暴力団組織にも手入れをした。

おかげで、トルエンの売人は新宿駅周辺から一掃され、関係していた暴力団も鳴りを潜《ひそ》めた。

楢山は安本たちへの暴行容疑を問われた。

報復での暴力行為は非難されたが、相手が暴力団、それに準拠する集団であったこと。楢山の行為が、トルエン売買を取り締まる一助となったこと。未成年であることなどが考慮され、保護観察処分で結審した。

停学処分となっていた楢山が、学校に呼び出されたのは、一連の出来事が片づいた一週間後のことだった。

退学を言い渡されるのだろうと思い、出かけたが、校長室で待っていたのは、校長と当時の担任、それと少年課の只見だった。

校長の隣に、只見が座っていた。向かいのソファーに担任教師が座っている。

「楢山、座れ」

担任教師が言う。

楢山は立ったまま、校長と担任教師を見た。

「このたびは、俺の勝手な行動で、学校の評判を傷つけてしまい、他の生徒にも迷惑をかけたかと思います。どんな処分でも甘んじて受けます。申し訳ありませんでした」

深々と腰を折る。

「まあいい。座れ」

担任が言う。檜山は担任の隣に座った。

校長が口を開いた。

「檜山君。只見さんから事情は聞いた。長尾君が暴行を受けたことに激情し、今回の事件を起こしたそうだな。気持ちはわからなくもないが、そもそも君たちが日ごろから自らを律していれば起こらなかった事件でもある。そのことは大いに反省してもらいたい」

「はい。すみませんでした」

頭を下げる。

「本来であれば、退学処分とするところだ」

「そのつもりで来ました。卒業できませんでしたが、世話になりました」

もう一度頭を下げて、立とうとする。

「早まるな」

担任が檜山の裾を引いて、座らせた。

「学校としてはそうするところだったが、只見さんからのたっての希望で、退学処分は保留することとなった」

「只見さんの希望？」

楢山は只見を見た。只見が微笑む。

「楢山。俺は昔からおまえを知っているが、おまえはむやみに暴力をふるうヤツじゃない。ほとんどは、自分や友達の身を守るためにやったことだ」

「そうでもねえよ、只見さん。ムカついて殴ることもある」

「そりゃ、みな一緒だ」

只見が笑う。

「ただ、ここからは、そうした理由で暴力をふるうことも難しくなる。今回の件で、今は末延組や回生会もおとなしくしているが、いずれ、おまえや長尾に落とし前をつけさせようとするかもしれん」

「上等です。潰してやりますから」

楢山が気色《けしき》ばむ。

「こらこら、それがいかんと言っとるんだ」

担任が苦笑する。

「来るもんは仕方ねえでしょ」

「そう、来るものは仕方がない」

只見が受ける。

「そこでだ。そいつらを合法的に排除する方法が一つだけある」

「なんですか？」

只見を見る。只見は楢山をまっすぐ見つめ返した。

「楢山。警察官になれ」

「俺が？」

驚いて目を丸くした。

「いやいやいや、俺にサツは似合わんでしょう」

「そうでもないぞ。おまえはワルじゃない。理不尽に立ち向かう方法が暴力だっただけだ」

只見が言う。

「おまえ、案外、頭もいいしな」

担任がにやりとする。

「いや、警察官はなあ……」

楢山は思いもしなかった提案に戸惑った。

と、校長が口を開いた。

「君が只見さんの提案を受け入れるのであれば、君と長尾君の退学処分は撤回する」

「長尾も退学なんですか？」

校長を見やる。隣の担任が答えた。

「刑事事件だからな。本当なら即退学だ。楢山。長尾は回復している。ギリギリだが、大学入試を受けるつもりで勉強もしている。あいつの希望を繋いでやらないか？」

担任の言葉に、楢山はうなだれた。

「楢山。おまえが警察官になれば、長尾も守ってやれる。長尾だけじゃない。これからおまえが出会う、守りたいと思う者たちも守ってやれるんだ」

只見が畳みかけてくる。

「楢山君。急な話なので、困惑もしているだろう。三日だけ待つ。その間に、警察官になるかどうか決めなさい」

校長が言った。

楢山はうつむいていたが、やおら顔を上げた。

「考えたって、警察官にならなきゃ退学ってのは変わらないんでしょう？」

「そうだね」

校長がうなずく。

「なら、わかりました。俺、警察官やります」

「いいのかね？」

「はい。どうせ、やりたいこともなかったし。その代わり、只見さん」

只見の方を向く。

「どうにも合わねえと思ったらやめるんで、そこは了承してください」

「わかった。一カ月後に第三次募集がある。そいつを受けて、必ず合格しろ。先の話はそれからだ」

只見の言葉に、楢山は強く首肯した。

## 10

「へえ、その只見さんっていう人がいなければ、警察官になっていなかったんだね」

紗由美が言う。

「まあ、そうだな」

楢山はさんぴん茶を啜った。

「長尾さんはどうなったんですか？」

真昌が訊いた。

「長尾はその後、無事に退院して、大学にも合格して、社会心理学の教授を務めた。俺たちみたいなガキが路頭に迷うのは、ガキを取り巻く社会が悪いなんて言ってたな。はみ出し者を生まない社会、はみ出した者を排除しない社会を作りたいって、がんばってたよ」

「がんばっていたとは？」

節子が楢山を見る。

「二十年前くらいに死んじまったんです。癌《がん》で」

「そうだったの……」

「結婚もせず、独り身で奮闘していたけど、あいつが送り出した生徒や、あいつが保護したガキなんかは、今もあちこちでがんばっているみたいですね。見た目は冷めてたけど、本当はアツいヤツだったんで、その意志を受け継いだんでしょう。本物の強い意志ってのは、誰かが繋いでいくもんです」

話しながら、竜司の遺影をちらりと見る。

「で、楢さんは警視庁に合格したんですか？」

真昌は訊いて、サーターアンダギーを取った。

「当たり前だ。おまえと違って、ここの出来はよかったからな」

楢山は頭を指でつついた。

「オレも受かったじゃないですか！」

ふくれっ面で、サーターアンダギーにかぶりつく。

「そうよ。真昌も賢いのよ、本当は」

紗由美が笑う。

「そこで、竜司さんと会うわけね」

「ああ。最初はいけ好かないヤツだったよ」

楢山は竜司の遺影を見て、笑った。

# 第二章　運命の出会い

## 1

「にしても、楢さん、試験まであんま時間なかったのに、よく受かりましたね」

　真昌が言う。

「だから、おまえとはここが違うんだ」

　楢山は自分の頭を指でつついた。

「……と言いたいところだがな。俺たちの頃は、意外と難しくなかったんだ」

「試験がですか？」

「いや、試験はそう変わらんが、警察官を増やしたがっていたんだ。今は、警察官も人気の職種になったが、当時はなり手がいなくてな。賢い連中から、どこにも引っかからないような荒くれ者まで、いろんなのがいたよ」

「楢さんは荒くれ者の部類ね」

　紗由美が笑う。

「それなりに賢かったんだって」

　楢山は苦笑した。

「うちの涼《りょう》太《た》の頃とはずいぶん違うみたいね」

　節子がお茶を飲む。

「そうですね。古谷たちの頃はもう、寮《りょう》も多くて六人だったでしょうけど、俺らの頃は八人部屋でした」

「八人！　まじっすか！」

　真昌が目を丸くする。

「こら、まじとかそういう言葉は使うな。現場で出ちまうぞ」

「すみません」

　真昌が頭を下げる。

　楢山は微笑んで、話を続けた。

「二段ベッドが四つに、木製のロッカーが一つ。勉強はみな、ベッドの上でやってた」

「机はなかったんですか？」

「ないない。机で本を広げたいときは、教室か食堂しかなかったが、夜は使えないからな。

狭いベッドで背を丸めてやってたよ」

檜山は当時を思い出し、背中を丸め、小さくなった。

「竜司さんもそんな感じだったのね」

紗由美が言う。

「いや、あいつはベッドの上でもピンと背筋を伸ばしていたよ。そういうところが、ちょっと鼻についたなあ」

「ヤンキー上がりとしては、仕方ないですね」

笑う真昌を、檜山は睨んだ。

真昌が肩をすくめる。

「俺たちの担任は吉家《よしいえ》という教官で、俺たちは吉家教場の生徒だった」

「教場？」

「学校で言うと、クラスのことですよ」

真昌が紗由美に答える。紗由美が大きくうなずいた。

「で、寮で同室だったのが、竜司や宇田桐《うだぎり》だった」

「宇田桐さんって、あの？」

紗由美が檜山を見る。檜山はうなずいた。

「あのって、なんですか？」

真昌が訊く。

「竜司とはいろいろ因縁のあったヤツだ。話すと長くなるから、またそのうちな」

楢山は真昌に言い、顔を紗由美に向けた。

「まあ、その後はいろいろあったが、警察学校の時は、俺と竜司、宇田桐はよく一緒にいたよ。つるんでたというのとは少し違うんだがな。一緒にいたという感じだった」

話しながら、少し遠くを見る。

「やっぱ、最初の一カ月は地獄でしたか？」

真昌が話を変えた。

「それは、今と変わらない。いや、昔の方がひどかっただろうな。平気で殴ってたからなあ、教官連中」

「よく耐えられましたね」

「せめて、一カ月分の給料だけはもらってやろうと思ってたからな」

楢山がにやりとする。

「給料はいいですよね。楢さんたちの頃って、いくらもらってたんですか？　俺はこないだ、手取りで十五万もらいましたけど」

「俺たちの時は手取りで六万くらいだったかな。初任給はそこから教科書代や制服代を引かれたんで、半分も残らなかったよ。まあでも、給料なんてのは初めてもらったんで、気持ちよかったけどな。おまえ、初任給で親父やおばあに何かしてやったのか？」

「もちろんですよ。親父にはサトウキビ収穫用の新しい鉈《なた》を、おばあにはミンサーの羽織を買ってあげました」

「それはうれしいわね。涼太も初任給をもらった時に、食事に連れて行ってくれたわ」

節子が笑みを深くする。

「親父やおばあには迷惑かけっぱなしだったんで、せめてもの恩返しってやつです」

真昌が照れて、頰を赤くする。紗由美はそんな真昌を見て、愛おしそうに目を細めた。

「まあしかし、最初の一カ月でやめてやろうと思ったけどな」

楢山は懐かしむように竜司の遺影に目を向けた。

## 2

無事、採用試験に合格した楢山は、入校日を迎え、警視庁警察学校へと赴いた。

楢山は角刈りにスーツ姿という格好だった。

警察学校の学生が校外で活動する際は、スーツにネクタイという服装が基本だ。堅苦しい格好は苦手だったが仕方がない。

正門を潜ると、教官が待っていた。

「そこの若いの！」

怒鳴られるような声で呼びかけられる。

檜山は睨みながら歩み寄った。

「新入生か？」

「そうですが？」

「名前は？」

「檜山誠吾です」

檜山が名前を告げると、教官は手に持ったボードで名前を確認し、チェックした。

「檜山誠吾、そのまま校庭へ行け」

「荷物はどうするんですか？」

「そのまま行けと言っとるんだ！　行け！」

教官は怒鳴る。

檜山はムカつきながらも、指示に従った。案内板を見て、校庭へ向かう。

また別の教官が待っていた。竹刀を持っている。

校庭にはスーツ姿の男と女が並んでいる。並んではいるがバラバラだ。よく見ると、足元にマークがあり、それぞれがマークの上に立っているようだった。

「名前は！」

「楢山です！」

腹が立って、大声で答えた。

「荷物を置いて、前列向かって左から三番目に並べ！」

「荷物はどこに？」

「見ればわかるだろうが！　いちいち訊くな！」

教官は怒鳴り散らし、ベンチに顔を向けた。生徒たちが持ってきたであろうバッグがきれいに置かれている。

楢山はベンチに歩きだした。

「走れ！　たらたらするな！」

教官が背後からまた怒鳴る。

楢山は小走りでベンチまで行き、なんとなくきれいに並べられているバッグ列の横に、自分のバッグを置いた。

それが少し斜めになっていた。

「楢山！　おまえはバッグもまともに置けんのか！　曲がっとるだろうが！」

遠くから教官が声を張る。

楢山は小さく舌打ちし、バッグをきれいに並べて置いた。

と、教官がいつのまにか、楢山の背後に来ていた。

「貴様、今、舌打ちしたな」

「いえ、俺は――」

「抗弁するか！」

教官が竹刀を振り上げた。

楢山は教官を睨み、拳を握った。

と、楢山と教官の間によく通る声が飛び込んできた。

「教官！　先ほどの舌打ちに聞こえた音は、バッグが擦れる音であります！」

教官の手が止まる。教官と楢山は声の主に顔を向けた。

ほっそりとした男だった。が、よく見ると、胸板は厚く、肩幅も広い。腰はぎゅっと括《くび》れている。

まっすぐな眼差しは精悍ながら、奥の方から漂う威圧感があった。

「貴様も逆らうか！」

教官が男に近づいていった。

竹刀を振り上げるや、男の左前頭部に打ち下ろした。楢山や整列していた新人たちの顔が引きつる。

　しかし、男は直立のまま、微動だにしなかった。

「まあいい。楢山！　並べ！　こいつの横だ！」

足元の印を竹刀でつつく。

楢山は小走りでそこまで行き、印の上に立った。

「気をつけ！」

命令され、直立する。

と、教官は楢山の腕を竹刀で叩いた。

「腕はまっすぐ！　中指をズボンの縫い目に合わせて、胸を張れ！」

そう言い、次は太腿を叩いた。

「爪先の角度は四十五度！」

楢山は言われた通りにする。しかし、教官の竹刀と罵倒が飛んでくる。

「四十五度と言っとるだろうが！　貴様は角度もわからんのか！　小学生以下か！」

言いたい放題言われ、また腹が立ってくる。しかし、先ほど、楢山のとばっちりを受けて殴られた隣の男を見て、我慢した。

「よし！　そのまま立ってろ！　動くなよ。前を見ておけ！」

教官はようやく楢山から離れた。

元の位置に戻った教官は、また後からやってきた新入りを見つけて、怒鳴っている。

楢山は黒目を動かして、横を見た。

「おい、さっきは悪かったな」

小声で言う。

「黙ってろ。また、やられるぞ」

男は前を向いたまま言った。

楢山はため息をつき、直立し直して、前を見つめた。

## 3

「各人、割り振られた部屋へ入れ！」

教官に言われ、楢山は荷物を持って、部屋へ入った。

八人部屋だった。

部屋に入ると、入口にボードを手にしたジャージ姿の男が立っていた。小柄でむっちりとした男だった。

「名前は？」

「楢山です」

「私は、この部屋の室長、梶原《かじわら》だ。君たちより三カ月前に入校した。よろしく」

「よろしくお願いします」

楢山は頭を下げた。

「君のベッドは一番奥右の下側。ロッカーには名札を差しているから、そこを使うこと。他、細かいことは、全員がそろってから伝える。スーツを脱いで、ベッドに置いてあるジャージに着替えるように」

梶原が言う。

檜山がそのまま行こうとすると、梶原が右腕を出して止めた。

「ここでは、指示を受けたら、必ず返事をしろ」

「すみませんでした！」

檜山は大声で言った。梶原がうなずく。

「行って良し！」

梶原に言われ、檜山は荷物を持って、指定されたベッドへ赴いた。

折りたたまれた布団の上に、白いジャージがあった。なんともダサいジャージだが、着るしかないようだ。

檜山はとりあえず、バッグを足下に置いて、ベッドの縁に座った。

檜山が登校したのは、午前八時少し前。入寮できたのは、午後五時だ。今まで、昼休みもほとんどなく、ひたすら、直立、敬礼を繰り返させられた。

炎天下でスーツを着たままだったので、ワイシャツはびしょびしょだった。

「檜山！　早く着替えろ！」

梶原から指示が飛ぶ。

「承知しました！」

楢山は立ち上がり、バッグを取って自分のロッカーを探した。右端から二番目のロッカーだった。楢山誠吾とフルネームで書かれている。

木製の縦長ロッカーで、中にはスーツやワイシャツをかけるハンガーがあり、下段は板で仕切られていた。

バッグを下段に置き、スーツを脱いでハンガーにかける。ワイシャツは洗濯しなければならないので、別棚に分けておいた。

ドアを閉めると、隣に男が来た。ふと目を向ける。

「おー、おまえ、さっきの」

楢山が声をかける。

整列時に助け舟を出してくれた男だった。ロッカーの名札を見る。〝影野竜司〟と記されていた。

「影野ってのか。俺は楢山。よろしく」

右手を差し出すが、竜司はちらっと楢山を見ただけで、自分の作業を淡々と続けた。

「不愛想なやつだな」

聞こえるように言い、ベッドへ戻る。

竜司がスーツとワイシャツを脱ぐ。楢山は思わず、目を瞠った。

いい体つきをしているのは、スーツ姿からもわかった。しかし、その肉体は楢山の想像を超えていた。

背中は鳥の羽のように僧帽筋と広背筋が盛り上がっていて、腹回りが括れ、見事な逆三角形を描いている。肩はメロンのように大きくて丸く、腕も太い。

シャツの下に浮き上がる腹筋はきれいに六つに分かれていて、臀部《でんぶ》はツンと上がっている。腿が太く、スラリと伸びたふくらはぎは無駄なく締まり、獲物を食らう野生動物の足のようだった。

「どういう鍛え方をすれば、こんな体に仕上がるんだ……」

思わず、声が漏れる。

と、二段ベッドの上から、いきなり顔が出てきた。

「そうだよねえ。あれはすごい」

楢山は見上げた。目鼻立ちの整った好青年ふうの男が、笑顔を向けている。

「なんだ、おまえ」

「楢山君と同じ新人。宇田桐です。宇田桐善康《よしやす》。よろしく」

上から右手を伸ばしてくる。

楢山は右手を上げて、握手をした。

宇田桐が上からひょいっと飛び降りてきた。竜司とは違い、ひょろっとした感じだが、身は軽いようだ。早々と白いジャージに着替えていた。

楢山も着替えた。襟を立てる。

「あー、楢山君。襟は立てない方がいいよ」

「なんでだよ。カッコ悪いじゃねえか」

「格好は関係ないからね、ここは。つまらないいざこざは起こさない方がいい」

「ビビってんのか？」

楢山は宇田桐を見据えた。

すると、宇田桐は笑った。

「そりゃあ、ビビりもするよ。ここは世間からは隔絶された場所だからね。怖がるくらいでちょうどいい」

「根性ねえヤツだな」

「給料もらいながら十カ月我慢すれば、警察官になれるんだから。根性はそっちに使えばいい」

宇田桐は言い、他の同室の新入りたちに声をかけていく。

「調子のいいやつだな」

楢山の好きなタイプではないが、飄々としたところは少し長尾を思い出させる。

「全員、着替えて整列しろ！」

梶原が号令をかけた。

楢山や後から入ってきた新入りは急いで着替え、ドア口付近の狭いところに並んだ。

と、すぐさま、梶原が楢山を睨んだ。

「楢山君。それはなんだ？」

楢山の襟元を見る。

「ああ、これはあまりにカッコ悪いジャージなんで、シャレてみたんですよ」

楢山が言う。

梶原はため息をつき、顔を横に振った。

「君は何しに来たんだ？」

「警察官になるために入校したんですが？」

「だったら、ルールは守れ。学校内のルールも守れん者に、どうして法の番人ができる？」

「法律とローカルルールは別でしょう」

「変わらない。わずかな気の緩み、このくらいはいいだろうという甘さ。犯罪者はそこに付け入ってくる。ひとたび、犯罪者に取り込まれれば、君は法の番人から、違法行為を手助けする共犯者となる。この理屈がわからないようなら、さっさとここから出て行け。迷惑だ」

梶原は静かだが強い口調で言った。

筋の通った話は、怒鳴られなくても身に染みる。隣に立っていた宇田桐が、肘で檜山の腕をつついた。

檜山は宇田桐を睨み、立てていた襟をきれいに折って整えた。

梶原はそれを見てうなずき、全員を見回して話を続けた。

梶原の話を聞けば聞くほど、檜山は窮屈さを感じた。

部屋への出入りから布団の畳み方、洗濯の仕方、入浴、食事、トイレに至るまで、何から何まで規則づくめだ。

しかも、少しでも守られなければ、その部屋ごと、もしくは教場ごとに連帯責任を取らされるという。

学校ではなく、刑務所なのではないかと思ったほどだ。

「以上だ。わからないことがあれば、私に訊いてくれればいい。今日は夕食後、入浴を済ませ、日報を書いて私に提出すれば就寝となる。夕食までには多少時間があるので、荷物整理などを済ませておくように」

梶原は指示をし、部屋から出て行った。

ドアが閉まると、すぐに宇田桐が話しかけてきた。

「ほら、言われただろ？」

「うるせえな」

仏頂面を覗かせる。

「まあでも、室長でよかったんじゃない？　教官だったら、今頃、殴られまくっているか、校庭を走らされているかだ。俺らも巻き添え食らうんだから、気をつけてくれよ」

宇田桐は楢山の二の腕をポンと叩き、自分のベッドに戻った。

他の者たちも自分のベッドに戻ったり、ロッカーを整理したりしている。

「やってらんねえな……」

楢山はぼそりとつぶやき、自分のベッドに寝転んだ。

## 4

「しょっぱなからそんなので、トラブルはなかったの？」

紗由美が訊いた。

「あったあった。俺は狙い撃ちされてて、襟が少し立っているだけで殴られ、爪先の角度が一度違うって難癖付けられて校庭を走らされ、返事が悪いと言われてその場で腕立て百回やらされて」

「そりゃ、拷問ですね。オレ、楢さんの時代なら三日ももたなかった気がします」

真昌が苦笑する。

「涼太からもいろいろ聞いたけど、そこまでひどくはなかったわねぇ」

節子は微笑んでお茶を啜った。

「俺らの時が特にひどかったのかもしれんですね」

「竜司さんはどうだったの？」

訊かれ、檜山は紗由美の方を見た。

「あいつは問題なかった。優等生だったな。教官も何度か竜司にいちゃもんを付けていびったが、その場ですぐ修正しちまうんで、しまいには何も言わなくなったよ」

「すごいですね」

真昌が漏らす。

「ああ、すごかったな。座学でも常にトップだったし、体術もあいつに敵うやつはいなかった。俺以外はな」

「やり合ったこと、あるの？」

紗由美が目を丸くする。

「授業で組手もあるからな。俺より小柄なんだが、体幹が強いんで、柔道でもあいつだけは倒せなかった。一番、面食らったのが、逮捕術の教練だったな。特に、警棒の代わりに短い竹刀を持って対峙した時は、殺されるかと思ったよ」

楢山は思い出して、微笑んだ。

## 5

その日は逮捕術の授業だった。

柔道場に学生たちが集められ、短い竹刀を渡された。警棒を使う訓練だ。

今は、面やゴーグル、胴や小手といった防具を身に着け、警棒の代わりもスポーツチャンバラで使用するソフトな小太刀を使う。

だが、当時は柔道着を着ただけで、防具もなく打ち合っていた。

なので、ケガをする者もいたが、一方で授業とはいえ、それなりの緊張感はあった。

警棒の訓練は、二人一組で行なう。対峙して打ち合うだけだが、めったやたらに殴り合うわけではない。

一人が犯人役となって攻めていくところを、警察官役の者が肩や腕、腰、太腿などを打って、相手を制する術を学ぶ。

おとなしい学生たちが組むと、型稽古のような訓練になる。

しかし、多少荒くれた連中は、ここぞとばかりに暴れる。

無駄な打ち合いになったり、怒鳴り合いになったり。憂《う》さ晴らしの場にもなっている。

だが、教官は少々荒れても止めない。

現場では、凶器を手にした相手が容赦なく襲いかかってくる。怯《ひる》めば、最悪命を落とすこともある。

訓練では、迫りくる圧力に打ち勝つメンタルの構築も重要になる。

檜山は、対峙する相手をことごとく叩きのめした。正確に言うと、檜山としては手加減しているのだが、相手が避けられなかったり、力に押されたりして、ケガをさせてしまっていた。

宇田桐と向き合うことになった。

「檜山君、手加減してくれよ」

「おまえには手加減しねえ」

犯人役の檜山はにやっとして、いきなり上段から殴りかかった。刃物を上から振り下ろす格好だ。

宇田桐はひょいっと後ろに飛んだ。

「だからー、手加減してって」

そう言う宇田桐の口元には笑みが滲んでいる。

檜山は右脚を大きく踏み込んだ。同時に竹刀を突き出す。

宇田桐はバックしながら、竹刀の先を左から右の内側に払った。瞬間、檜山の右側に飛び込んできた。

檜山は宇田桐を狙って、水平に竹刀を振った。

宇田桐は竹刀の円軌道をかわし、檜山の背後に回って、檜山の背中を打った。そしてすぐ、後退する。

「はい、檜山君の負け」

にやりとする。

宇田桐の動きは、迫力はないが素早かった。軌道のかわし方も、力の逃がし方も、他の学生とは違い、こなれている。

「おまえ、何かやってたのか？」

「合気道、剣道、空手、キックボクシング、陸上短距離などなど。全部、かじっただけだけどね」

そう言って笑う。

「そういうことか」

檜山は納得したように笑みを返した。

「こら、檜山！　宇田桐！　サボるな！」

「サボってませんよ」

宇田桐が答える。

「もういい！　宇田桐、影野と代われ！」

「はい」

宇田桐は返事をし、檜山に近づいた。

「面倒なのが相手だな」

小声で言う。

「なんのこたあねえ。一発で伸《の》してやる」

檜山は竜司を睨んだ。

これまで、逮捕術の授業で、竜司と組んだことはなかった。

稽古をしながらそれとなく竜司の動きは気にしていた。

対峙する者がみな、一、二回攻めた後、動けなくなっていたからだ。

「あいつは強いよ。というか、怖いよ」

「強えのはわかるが、怖えってのはねえだろ」

「向かい合ってみればわかるよ」

宇田桐は檜山の二の腕を叩き、竜司が相手していた学生の下に走っていった。入れ替わりに、竜司が小走りで檜山の方へ来る。

竜司は檜山の前に立つと、一礼した。

「堅苦しいのはいいからよ。やろうぜ」

楢山はいきなり、竹刀を突き出した。

竜司の上体が少し右に傾いた。竹刀の剣先が竜司の左頬の横を抜ける。

「そういう授業ではないだろう？」

竜司が少し顔を起こした。上目遣いに楢山を見つめる。静かだが圧のある眼差しだ。

楢山の背筋にぞくりと寒気が走った。全身の神経が逆立つ。

こいつ……。

いろんな腕自慢と対峙した。街で風を切って歩いている本物たちともやり合った。

が、向かい合っただけで鳥肌が立つほどの殺気をまとった者に出会ったことはない。

「おまえが犯人役だ」

竜司は構えた。

わずかに左脚を後ろに引き、やや半身になる。柄頭《つかがしら》に小指を絡め、柄は手のひらに乗せるようにふわりと握り、剣先を楢山の喉元に向ける。

顎を引いて、少し上目で楢山を見つめているが、背筋はスッと伸びている。踵はやや浮かせ気味で、足裏の前半分に重心が乗っている。

端で見ている時は、単なる立ち姿に見えたが、対峙してみると、まるで隙がなかった。

しかも、やはり、殺気を漂わせている。だが、人を傷つけようとする喧嘩屋の殺気とは違う。

もっと深く、もっと濃い、得体のしれない感じたことのない気配だった。

楢山も自然に半身を切っていた。半端にかかっていけば、一撃で喉を突き破られるような圧力を感じ、戦闘モードに入っていた。

じりじりと機を窺い、右腕を伸ばして短竹刀を手首で振った。

竜司はその場から動かず、剣先で楢山の竹刀を弾いた。

「本気で来てくれないと、鍛錬にならない」

楢山を睨む。

「上等だ……」

楢山は右脚を踏み込み、右手に持った竹刀の剣先を突き出した。

竜司が竹刀の外側で剣先を受け、自分の左手に流そうとする。

楢山は竹刀から手を離した。そのまま拳を握り、右ストレートを繰り出す。

「楢山！」

状況を見ていた教官が怒鳴る。

楢山は竹刀でやり合うつもりはなかった。一発入れてやろうと思っていた。

竜司の左腕は下がっている。竹刀を握る右手も楢山の拳からは離れている。

竜司はおそらく、首を傾けて楢山のストレートをかわそうとするはず。またはしゃがむだろう。その動きを捉えて、フックを打ち込むつもりだった。

が、竜司は予想しない動きを見せた。

顎を引いて、額を突き出してきた。

ごっ……と骨を打つ音が響いた。檜山の拳を額で受け止めた。

竜司の右手が動いたのを、目の端で認めた。檜山は左前腕を体側に立てた。

竜司は竹刀の柄頭で檜山の左腿を突いた。

びりっとした痛みが突き抜け、たまらず左膝が沈む。上体が傾いた。

竜司が檜山を見下ろす。その両眼を見て、また寒気が走った。

やべー！

顔の前に右前腕を立てた。

そこに教官が割って入った。

「何やってんだ、檜山！」

頭を竹刀で殴られた。檜山は頭を押さえて、その場にしゃがみ込んだ。

「喧嘩したいなら、さっさと辞めて、出ていけ！」

怒鳴りながら竹刀を振り回す。竹刀が檜山の体の至るところを打つ。

と、竜司が竹刀を受け止めた。

「先生、すみません。俺が檜山に殴りかかってくれと言ったんです」

「勝手な真似をするな！」

竜司の手から竹刀を抜き取ると、教官は竜司も叩いた。頬にあたり、赤い筋がつく。

「おまえら、校庭二十周して来い！」

教官は怒鳴り散らし、楢山と竜司を柔道場から追い出した。

二人は靴を履いて、校庭に出た。並んで走り出す。

「おまえ、なんで、かばうような嘘をついたんだよ」

楢山が訊いた。

竜司は前を見たまま言った。

「なんとなく、おまえは辞めない方がいいんじゃないかと思ってな」

「なんでだよ」

「なんとなくだ」

竜司は言うと、速度を上げた。

「おい、ゆっくり行こうぜ」

「また、怒鳴られるだけだ。さっさと済ませてしまおう」

そう言い、前を走る。

「調子の狂うやつだな」

楢山はため息をつき、竜司を追いかけた。

# 6

紗由美と節子、真昌も、楢山の話を聞いただけで緊張し、解かれると一斉に深く息をついた。

「そんなに強かったの、竜司さん……」

「ああ、別格だった」

楢山が竜司の遺影に目を向ける。

「うちの親父にも、竜星の父ちゃんの話は何度も聞かされてるけど、正直、バケモノすぎて、そんな人、実在しないと思ってたんですよ。まあ、竜星も別次元の強さだから、いなくもないのかもしれないけど」

真昌がカラカラになった喉をさんぴん茶で潤す。

「竜司さんはなぜそんなに強かったのかしら」

節子が疑問を口にした。

「これは、竜司が死んだあと、瀬田《せた》さんから聞いたことなんですがね。あいつの祖父母が九州の大分と宮崎の県境あたりで林業を営んでいたらしく、幼い頃からそこで育てられたらしいんですよ」

「竜司さん、九州の人だったの？」

紗由美は目を丸くした。

「生まれは神奈川だそうだ。父親は普通のサラリーマンで、母親は専業主婦。けど、ヤツが三歳の時、車で移動中に事故に遭って、両親は亡くなって、竜司だけが助かった。それで、父方の祖父母の家に引き取られたそうだ。調べてみたら、その事故の記事が当時の新聞に載っていたよ」

楢山が語る。

「そんなことが……」

紗由美も竜司の遺影を見やる。

「ご両親の話も聞いたことなかったもんね」

「話したくても、話すことがなかったんだろうな。三歳だと記憶もあまりないだろうから」

「竜星はまだ、おばちゃんがいたもんね」

真昌がつぶやく。

「あなたもお母さんを早くに亡くしているでしょ？」

紗由美が真昌を見つめる。

「でも、俺も父ちゃんがいたから。どちらかがいるというのと、どちらもいないというのは、大きく違う気がする」

しんみりとする。

「まあ、あいつが生きていた時には、両親の話どころか、知り合う前の暮らしぶりも一切聞いたことなかったんでな。どう思っていたのかは知らんが、語らなかったというのが一つの答えなんだろう」

楢山は一呼吸置いて、話を戻した。

「ただ、瀬田さんに聞いて、竜司の肉体の謎は解けた。あいつ、祖父母のところで小さい頃から山仕事を手伝っていたそうだ。昔は今みたいに重機が豊富にあったわけじゃないから、山の仕事は人海戦術の重労働だった。気を抜けば即、命にかかわる事故に巻き込まれるし、野生の動物やら野犬も多かった。あいつの敵は、人間じゃなく大自然の脅威。そんなのと戦っていたヤツは、後にも先にも竜司くらいだ」

楢山が笑う。

「楢さんが感じた凄みはそれだったんですね」

真昌の言葉に楢山がうなずく。

「ただ、竜司のじいさんは、林業の先行きを案じていて、学校にだけは通わせていたそうだ。そして、高校卒業を前にして祖父母が亡くなり、山を人手に渡して卒業した後、上京してきて警察学校に入ったらしい」

「その山に、竜司さんの先祖のお墓があるのかな」

紗由美がつぶやく。

「かもしれんな」

「行ってみたいね」

「また、瀬田さんに訊いておくよ」

楢山は紗由美に笑顔を向けた。

「その後は、竜司さんとやり合ってないんですか？」

真昌が訊いた。

「体術教練では何度か組んだが、あいつの前に立つとついこっちも気合が入っちまってな。周りの連中が引くくらい本気でやるから、いつも教官の餌食《えじき》になって、校庭を走らされた。そのうち、なんか俺も竜司もおもしろくなっちまってな。走ってる間にいろいろと話すようになったんだ」

## 7

「影野！　楢山！　校庭三十周して来い！」

その日も教官に怒鳴られ、柔道場から追い出された。

二人は慣れたもので、一礼し、さっさとグラウンドに出て走り始めた。

「なあ、おまえ、なんで警察官になろうと思ったんだよ」

楢山が走りながら訊く。結構なスピードで走っているが、いつも竜司のスピードについて走っていたからか、気がつくと息が上がらなくなっていた。

「おまえは？」

逆に問い返される。

「俺は、ちょっとした罰ゲームみたいなもんだ」

「罰ゲーム？」

「ああ。ダチと問題を起こしちまってな。二人して退学するか、俺が警察学校へ行くことで卒業するか選べと言われてな」

「卒業することを選んだのか？」

「俺はよかったんだけどな。ダチは大学へ行きたがってたんでよ。そいつの人生まで潰すのは夢見悪いと思ってな」

「へえ。いいとこあるんだな」

「こう見えても、情には厚いんだぜ」

「そうだろうな」

竜司がさらりと返す。

他の者に言われると、知ったふうな顔しやがってと怒鳴るところだが、なぜか、竜司には腹が立たない。

見透かされているというより、深いところを見てくれているという感覚だ。同い年のはずなのに、どこか経験を積んだ壮年紳士のような深みを感じさせられる。

本当に不思議な男だ。同じ土俵に立っていない気がして、怒りようもなかった。

「で、おまえはよ」

再度、訊く。

「見てみたいんだ」

「何を？」

「世の中の表と裏を」

竜司が言う。

「なんだそりゃ？　哲学者か仙人か？」

楢山は笑った。

「俺はずっと山ん中にいてな。あまり人間社会というか世間を知らないんだ」

「本当に仙人か？」

「まさか。そういう場所にいたというだけだ。ただ、もうそこには戻れない。慣れない人混みの中で生きなきゃならなくなった。だから、表と裏を知りたいと思ったんだ」

「で、警察か？」

楢山がちらっと竜司を見やる。

竜司はうなずく。

「警察官なら表の生活にも密着できるし、裏の社会も知ることができる。ついでに、悪さをする連中を捕まえても文句を言われない」

「おまえ、面接でそのまま語ったのか？」

「もちろんだ」

竜司はさらりと返した。

「なんかおまえ、すげえな」

「何がだ？」

「おまえみたいなヤツ、この十八年の人生でただの一度も会ったこともねえ」

「そうか。俺はおまえみたいなのには会ったことあるぞ」

「どこでだ？」

「山でだ。山に生きる連中は、あまり自分の感情を隠さない。腹が立てば喧嘩もする」

「そりゃ、ただの乱暴者ってことか？」

苦笑する。

「裏表なく素直ということだ。日ごろはいがみ合いもするが、いざという時にはまとまって、誰よりも頼りになる個人の集団となる」

「そいつらと俺が同じってか？」

「おまえは感情的だが、嘘がない。そういう生き物は信じられる」

「生き物って、おまえ……」

また、苦笑いを浮かべる。

「まあいいか。そういやあ、おまえ、休みの日は何をしているんだ？」

檜山は訊いた。

学校生活も三カ月目に入っていて、一カ月前からは土曜の半ドン授業が終わった後、警備係でなければ、日曜の午後九時までは自由時間、外泊も認められていた。

家に帰る者もいれば、仲間で出かける者もいる。しかし、竜司がどこかに出かけているのは見聞きしたことがなかった。

「外には出てるぞ」

「ブロードウェイか？」

「ああ。そのへんくらいしか行くところはないだろう。本買って、メシ食って、戻ってきて寝てる」

「つまんねえなあ、せっかく東京に来たのに」

「別に、観光したいとは思わん」

竜司は素っ気ない。

「俺はいつもダチのところに行くんだがな。今度の土曜、一緒にどうだ？」

楢山が誘った。

「さっき話していたヤツか？」

「ああ。大学生になって、今、北新宿に住んでいるんだよ。一人暮らしだから、いつも泊まりに行ってる」

「邪魔しちゃ悪い」

「かまわねえよ。長尾ってんだが、そいつも気をつかわねえヤツだ。おまえが嫌なら、帰れって言うしよ。帰れって言われる確率の方が高えか」

楢山が笑う。

その言い草に、竜司の顔もついほころんだ。

「わかった。試してみよう」

竜司は楢山の誘いに乗った。

## 8

週末、土曜日午前中の授業を終えた楢山は、竜司を連れて、歩いて長尾のアパートへ向かっていた。

「影野はいいんだが、なんで、おまえまでついてきてんだよ」

檜山は竜司を挟んで並んで歩く宇田桐を睨んだ。

「俺も暇だからさ。いいじゃない」

「おまえは誘ってねえぞ」

「まあまあ、同室のよしみで。おまえらといた方がおもしろそうだしな」

宇田桐はしれっと笑ってみせる。

寮で着替えている時、竜司と長尾の話をしていると、宇田桐が勝手に入ってきた。

宇田桐に何をするのか訊かれた竜司は、バカ正直に、これから檜山と出かけると答えてしまった。

すると、宇田桐は俺もと言い、勝手についてきた。

「まあ、いいじゃないか。俺と宇田桐は追い出されればすぐ退散する」

竜司が言う。

「そうそう。無理強いはしないよ」

宇田桐は調子よく合わせてきた。

檜山はため息をついて、二人を引き連れ、歩いた。

東中野駅を過ぎてそのまま東へ向かい、神田川を超えて、北新宿に出る。

北新宿は大久保駅と東中野駅の間にある。地区の真ん中には、東京都中央卸売市場淀橋市場があり、深夜には青果を積んだトラックが市場周辺や小滝橋通《おたきばしどお》りにずらりと並ぶ。

このエリアは、東中野、上高田《かみたかだ》地域と同じく、昔から学生の街としても知られる。新宿や中野にほど近いわりに家賃は安く、学生にとっては住みやすい街だ。

三人は淀橋市場の手前まで歩いてきた。

楢山は雑木林のような庭に囲まれた敷地に入っていった。

「なんだ、ここは？」

宇田桐が怪訝そうに周りを見る。

「長尾が住んでいるアパートだ」

楢山が答えた。

庭を抜けると、古びた木造アパートがぽつんと建っていた。

二階建てで、一階と二階に二部屋ずつ。四部屋しかないアパートだった。

「民家をアパートにしたのか？」

竜司がつぶやく。

「そんなところだろうな」

楢山は答え、向かって一階右の部屋のドア前に立った。

ノックをする。アパート全体が揺れそうなほど、ドアが軋《きし》む。

「長尾、俺だ」

　声をかけると、ドアが開いた。細身の男が顔を出した。今で言うベルボトムのジーンズにタイトなボーダーシャツを着ている。

「おー、来たか。そいつが噂の影野君か？」

　竜司を見やる。

「噂とはなんだ？」

　竜司が楢山を見る。

「面白いヤツがいるって、楢山から聞いてたんだよ。長尾だ、よろしく」

　長尾が右手を出した。竜司は握手をする。

　長尾は竜司の後ろにもう一人いるのに気がついた。

「そっちは……ひょっとして、宇田桐君か？」

　長尾が言う。

「俺も噂になってたのか？」

「うっとうしいのがいるってな」

　長尾が笑う。

「ひでえな、おい！」

そう言い、宇田桐も笑い、右手を出した。

「宇田桐だ。楢山君のベッドの上に住んでる」

「いびき、うるせえだろ？」

「地響きがするから、大迷惑だ」

「わかる！」

長尾と宇田桐が共に笑う。

「うるせえな、おまえら。まとめてやっちまうぞ」

「おー、怖い怖い。入っていいか？」

宇田桐が言う。

「ああ、入ってくれ。影野君も」

長尾が招く。

「同い年だろ。呼び捨てでいいよ」

竜司が言う。

「俺も宇田桐でいいぞ。よろしく」

そう言い、宇田桐が一番に入っていく。

「図々しいヤツだな」

楢山が宇田桐を睨む。

「まあでも、スッと初対面の人物にも入っていけるのは、あいつのいいところでもあるだろう」

竜司が言う。

宇田桐は、臆《おく》することなく、どんな人にも近づいていって、笑顔でフランクに話しかけ、するすると懐《ふところ》に入ってしまう。

この人懐っこさというか、度胸というか、これは警察官になった時の武器となるだろうと、楢山も感じていた。

中へ入る。狭い玄関は、男四人の靴を置くといっぱいになった。

手前に三畳ほどの台所スペースがあり、その奥に六畳一間の畳部屋がある。楢山が上がると、床がみしっと軋んだ。

畳部屋には、小さな折り畳みテーブルとファンシーケース、片隅には畳んだ布団が置かれている。冷蔵庫は飲み物だけしか入れられないような小さなもので、カラーボックスに食器やコップが少しだけある簡素な部屋だった。

テーブルの脇には、大学の講義で使うらしき本が積み上げられていた。

「狭いところですまないな。適当に座ってくれ」

長尾は言い、小さな冷蔵庫を開けて、缶コーヒーを取り出した。

一本ずつ取り、三人に投げてよこす。長尾は自分の分も取って窓際の壁にもたれ、片膝を立て缶コーヒーを飲んだ。

「ここで飲み明かしたいところだが、なんせ、上も横も薄いんでな。日が暮れたら出かけるけど、いいか？」

長尾が天井と壁を見やる。

当時のアパートは隣の話し声が聞こえるほど壁が薄く、天井も足音が響きまくるほど薄かった。

どこも似たようなものだったので、今ほど騒音トラブルはなかったが、それでもあまり大騒ぎすると、大家が怒鳴り込んでくることもしばしばだった。

「俺はかまわん。影野、宇田桐、どうする？」

楢山が二人を見やる。

「当然、行くでしょう。大学生がどんなところに出入りしているのか、興味がある。影野も行くだろ？」

宇田桐が言う。

「俺は……」

「繁華街を見ておくのも勉強だぞ、影野。まあ、ちょっと覗いて嫌なら帰りゃいいじゃないか」

宇田桐が調子よく言った。

「そうそう。そうしなよ、影野」

長尾が誘う。

「……わかった」

竜司は渋々返事をした。

## 9

日が暮れて出かけたのは、新宿だった。

新宿コマ劇場の上、東宝会館には様々な飲食店や娯楽施設が入っている。

竜司たちが出向いたのは、四階にあるディスコだった。

一九七〇年代半ばから八〇年代にかけて、全国でディスコブームが巻き起こった。

若者たちは着飾って、ダンスミュージックのかかるフロアへと足を運び、朝まで踊り明かしていた。

竜司たちはスーツのままだったが、長尾は白いスリーピースのスーツに身を包み、エナメルの靴を履いていた。

エレベーターを降りたとたん、大音量のディスコサウンドが聴こえてきた。

受付カウンターで、長尾はキーホルダーを出した。

「なんだ、そりゃ？」

檜山が長尾の手元を見る。

「会員証なんだ。これがないと入れない」

長尾は受付でキーホルダーを見せ、全員分の金を払った。

「行くぞ」

振り返って、声をかける。

「金は？」

竜司が訊く。

「あとでまとめてでいいよ」

「それはいけない」

竜司は内ポケットから財布を出した。

「じゃあ、一人二千円徴収な」

長尾が言う。竜司たちは二千円を出し、長尾に渡した。長尾は札束を無造作にポケットにねじ込んだ。

手招きして、先に入っていく。宇田桐が真っ先に続いた。檜山と竜司は、少し距離を置いて、周りを見回しながら入っていく。

通路を抜けると、円形のフロアが現れた。ミラーボールと電飾でギラギラしたフロアに大勢の男女がひしめき合い、音楽に合わせて踊っている。

ダンスフロアの周りには、ボックス席がずらりと並べられていて、奥にはカウンターバーもある。

「おー、これはすごい！」

宇田桐が目を輝かせる。

「最近できた大箱なんだけど、シャレてていいんだよ、ここ」

長尾が大きめの声で話す。

楢山と竜司は、すし詰めで踊っている同年代の若者たちを見て、渋い顔をしていた。

長尾が二人に近づく。宇田桐も寄ってくる。

「カウンターバーの食べ物と飲み物はフリーだから、基本、金はいらない。ボックス席はどこでも使っていい。二時間ぐらいで出よう。それまで、それぞれ好きに。じゃあ！」

長尾はダンスフロアの人ごみに飛び込んでいった。

「俺もちょっと行ってくるわ」

宇田桐が長尾の後を追った。

「おまえはどうする？」

楢山が竜司を見る。

「俺はいい」

竜司はフロアを一瞥する。

「おまえは？」

楢山に訊いた。

「俺もいい。人混みは苦手だ」

そう言い、手前の空いているボックス席に腰を下ろした。

「なんか、飲むか？」

竜司が訊く。

「酒……と言いてえところだが、さすがにまずいからな。四人分、ジンジャエールでも持ってきてくれ」

「わかった」

竜司はフロアの外を回り、カウンターへ向かった。

楢山はソファーに仰け反り、フロアに目を向けた。宇田桐と長尾が、踊りながら、近くにいる女の子に話しかけている。

「まったく、あいつら……」

あきれ顔で見ていると、竜司がグラスを持って戻ってきた。

テーブルに置く。

「おー、ありがとう」

「二人は？」

「あれだ」

グラスを取るついでに指差す。

竜司は目を向け、楢山の右斜めのソファーに座った。

「何をやっているんだ？」

「ナンパだよ。こういうところで女の子と知り合って、ねんごろになって、ホテルにしけこむ。そういう場所だ、ここは」

「乱れてるな」

竜司はグラスを取って、ジンジャエールを飲んだ。

「まあ、おまえにはそう映るだろうが、都会の若者、大学生には当たり前の光景だ。そのうち、制服を着て、こういうところを回るようになる」

楢山は自分の分を飲み干し、別のグラスを取った。

「おまえ、ナンパとかしたことないのか？」

「そんなことはしない」

「女と付き合ったことは？」

「ない」

竜司がスパッと答える。

「ないって……。興味ないのか？」

「そういうわけじゃないが、今は一人前になるのが先だ」

「遊びもなしというわけか」

「特に、遊びたいとも思わんしな。こういうところの何が楽しいのか、正直わからん」

「おまえ、ジジイみてえだな」

楢山が大声で笑う。

「年寄りでかまわんよ。おまえこそ、ナンパしないのか？」

「俺は嫌いなんだ。付き合うなら、ちゃんと付き合いてえからな」

「いるのか、そういう女が」

「いねえよ。言わせるな」

楢山がグイっとジンジャエールを飲み、炭酸に咽《むせ》る。

竜司は少し笑みを浮かべた。

と、自分たちの後ろの席で、女の子の声が聞こえた。

「やめてください！」

楢山と竜司が後ろを見やる。

ラメのスーツを着た男が五人座っていた。男たちの間にミニスカートを穿いて着飾った女の子が座っている。

その中に、ブラウスを着てプリーツスカートを穿いた、少し場違いな女の子がいた。

「やめてください！」

女の子は、抱き寄せようとする男の胸を押し返していた。

「なんだよ、いいじゃねえか！」

男は強引に引き寄せ、唇を奪おうとしている。女の子は顎を引いて、逃げようと顔を打ち振っていた。

「いいじゃん、美雪《みゆき》。キスぐらい済ませなさいよ」

周りの女の子は、男を止めるどころか、笑いながら煽《あお》っている。

竜司がグラスを置いて立ち上がった。

「おい、放っておけ」

楢山が言う。

が、竜司はかまわず、後ろの席へ向かった。

竜司は男たちのボックス席のテーブルの前に立った。

「嫌がっているだろう。やめてやれ」

女の子に迫っていた男を見据える。

「あ？　なんだ、てめえ？」

男は手を止め、竜司を睨み上げた。

「放してやれ」

竜司は静かに詰め寄る。

「なんだ、こいつ」

男たちが立ち上がった。竜司を取り囲む。

フロアから長尾と宇田桐が駆け戻ってきた。

「おい、どうしたんだ？」

宇田桐が訊く。

「後ろのお嬢さんが男に詰め寄られててな。見かねて、あいつが行っちまったんだよ」

檜山は笑いながら言った。

「ヤバいな。こいつら、聖神《せいしん》グループの連中だ」

長尾が声を落として言った。

「なんだ、そりゃ？」

檜山が長尾を見る。

「ほら、おまえが回生と末延潰しちまっただろう。そのあと、新宿に入ってきて、勢力を伸ばしているグループだ」

「ヤクザか？」

「いや、あいつらはただの不良グループだが、ケツ持ちに同盛会《どうせいかい》がいるって噂だ」

「同盛会って、西の山菱《やまびし》と並ぶデカい組織じゃないか」

宇田桐が目を丸くする。

長尾はうなずいた。

「トラブルはヤバいぞ」

長尾が助けに向かおうとする。楢山は長尾の腕をつかんだ。

「殴り合いにならなきゃいいんだろ？　まあ、見てろ」

楢山が長尾を座らせる。

「そうだな。相手が影野じゃ、あいつらがかわいそうだ」

宇田桐も座り、手つかずのグラスを取った。

三人が竜司を見つめる。

竜司は顔を少し左右に振り、囲んだ男たちを睥睨した。そして、正面の男を見据える。

「いきり立つことはないだろう。嫌がっている女の子を放してやれと言っているだけだ」

「てめえ、オレたちが誰かわかってて、喧嘩売ってんのか？」

正面の男が睨み返してきた。

「おまえらなど知らん。喧嘩も売っていない。放してやれと言っているだけというのがわからんか？」

竜司が言う。

と、右横にいた男が竜司の肩を握った。

「おいおい、それが喧嘩売ってるってんだよ」

振り向かせようと引っ張る。が、竜司はびくともしない。

顔を右に向け、男を睨んだ。

男はびくっとした。思わず、手を離す。竜司はそのまま男を睨み続けた。男は気圧され、二、三歩後退した。

その様子を見て、他の男たちが気色ばむ。

竜司はゆっくりと正面の男に顔を戻した。

「おまえたちがどうしてもというなら、表で相手をしてやる。だが、覚悟しろ」

眼力を上げる。

正面の男は威圧され、後ろに下がり、すとんとソファーに腰を落とした。

竜司は女の子に手を伸ばした。女の子が右手を出す。その手を優しく握り、テーブルを回り込ませて、自分の脇に引き寄せた。

竜司は楢山らがいる席に顔を向けた。

「俺はこの子を駅まで送っていく。そのまま寮に戻るから。長尾、またな」

「ああ……」

長尾がうなずいた。

竜司は女の子の手を引き、ディスコを出て行った。

男たちは竜司を追うこともできず、歯ぎしりしながら見送った。

長尾はふうっと息をついて、ソファーにもたれた。

「なんなんだ、あいつ。すごい殺気だったな」

「な、おもしれえだろ。そこいらのチンピラじゃ、手も出せねえ」

楢山が笑う。

「影野の強さは人間離れしているからな。それはさておき。俺たちもお暇《いとま》したほうがよさそうだぜ」

宇田桐が後ろの席を見やる。

男たちは全員、楢山たちを睨んでいた。

「そのほうがいいな。行こう」

長尾が立ち上がる。楢山と宇田桐も立ち上がった。

男たちの鋭い視線を感じつつ、しれっとした顔でフロアを後にする。

エレベーターに乗り込むと、宇田桐が口を開いた。

「しかし、影野はうまくナンパできたな。あいつら、くっつくんじゃないか？」

「そんなつもりはねえだろ」

楢山が言う。

「いやいや、わからんぞ。ピンチを救ったヒーローだからな。この手があるなあ」

長尾がにやける。

「もう一軒、いいところがあるんだ。口直しに付き合えよ」

長尾が言う。

「それがいい。楢山も行くよな」

宇田桐が楢山を見た。

「帰っても仕方ねえから、付き合うよ」

ため息をつきながらも、長尾と宇田桐に付き合い、夜の街を徘徊した。

## 10

「へえ、そんなことがあったの。で、竜司さんとその女の子はどうなったの？」

紗由美が訊く。

「そのあと、女の子の方が竜司に惚れ込んでな。そのまま結婚した」

「えー！　まじっすか！」

真昌が驚いて声を上げた。

「ああ。それが、前の奥さん、美雪さんだ」

楢山は紗由美に顔を向けた。

紗由美が微笑む。

「そういうこともあるのね」

節子が目を細める。

「ほんと、びっくりでした。けど、結婚するまでには一波乱ありましてね」

「何があったんですか？」

真昌が訊く。

「竜司が制したチンピラどもが、つまらんちょっかいを出してきてな。その絡みで、俺も学校を辞める辞めねえで揉めちまうんだよ」

楢山は苦笑した。

# 第二章　友、奪還

## 1

聖神グループの拠点は、新宿区立大久保公園沿いにある雑居ビルの中にあった。

古びた五階建てビルは同盛会の持ち物で、無償で間借りさせてもらっている。

聖神グループのリーダー、神谷《かみや》誠《まこと》は、最上階のフロアに陣取っていた。四階以下の空き部屋は仲間に提供している。

神谷の部屋には、十代から二十代の若い男女が集まっていた。男たちはみな、パーマをかけて剃り込みを入れ、スーツに身を包んでいる。女たちは長い髪をチリチリのソバージュヘアーにして、タイトな超ミニワンピースを着ていた。

そこに、ひときわ華やかなピンクラメで大きな肩パッドが入った超ミニワンピースを着た女が入ってきた。

神谷以外の男女が立ち上がって、頭を下げる。

「ヨウコ、どうだった？」

神谷が訊いた。

「わかったわよ」

ヨウコは、肩にかけた小さなバッグからメモを人差し指と中指の間に挟んで出し、揺らした。

神谷の右隣りのソファーに腰を下ろして、細いタバコを咥《くわ》える。横にいた女がライターを出し、火をつけた。

ヨウコは下着が見えるのもかまわず脚を組んで、メモを神谷の前にスッと投げた。

神谷が手に取る。

「こないだ、美雪を連れてった男、警察学校の生徒だったわ」

ヨウコは胸下に腕を巻いて、煙を吐き出した。

ヨウコのメモには、四人の男の名前が書かれていた。

「どいつだ？」

神谷がヨウコを見やる。

「影野竜司ってヤツ。今、なんとなく美雪といい感じになってる」

「神谷さんをダシにして、ナンパしやがったんですか、あのガキ！」

立っていた男の一人が言う。

「美雪がお熱上げちゃったのよ。ピンチを救ってくれた王子様だからねー」

ヨウコはため息をついた。

神谷は竜司の名前を睨みつけ、歯ぎしりをした。

「影野ってのは今、どこにいる」

「警察学校に決まってんじゃん」

ヨウコが言った。

「美雪とはいつ会ってんだ」

「土曜日。あの子も学校ないし、警察学校も休みみたい」

タバコをふかす。

「美雪を尾行して、影野と接触したら教えろ」

「あんた、やる気なの？」

ヨウコはつけまつげをした目を大きく見開いた。

「サツなんざ怖くねえ。こいつらもまとめてやってやる」

神谷はメモを握りしめてくしゃくしゃにし、放り投げた。

グレーのスーツを着た角刈りの男が、足元に落ちたメモを拾った。開いて、四人の名前を見る。

その眼差しがきつくなった。

「神谷さん」

「なんだ！」

グレースーツの男を睨みつける。

「こいつら、まずいですよ」

「何がだ！」

「この楢山って男、末延組を潰したヤツです」

男の言葉を聞いて、室内の空気がひりつく。

「長尾ってのも、たぶん竜南の長尾です。竜南の楢山と長尾といえば、そこいらのヤクザでも道を譲るほどの有名人ですよ」

「末延の話はガセだ。楢山ってのが騒いだおかげで、サツに入られて、潰されたってのが本当の話だ」

神谷が言う。

「いや、オレも楢山が潰したと聞いてますけど」

ブルーのスーツを着ている男が言った。

「その手の話は尾ひれがついて、伝説めいた話になるもんだ。俺たちの噂を聞いてもわかるだろうが。街中でちょっと暴れて見せりゃ、誰それを監禁しただの、殺して埋めただのって噂が立って、それにビビッて手を出さなくなる。同じだ」

神谷は鼻で笑った。

「ヨウコ。こいつら全員、警察学校の生徒なのか？」

神谷が訊く。

「長尾ってのは大学生。あとはみんな警察学校」

「そうか。茂森《しげもり》」

声をかける。グレーのスーツを着た男が返事をした。

「なんですか？」

「長尾ってのを、さらってこい」

「どうするんですか？」

茂森が訊く。

「長尾をダシに檜山と宇田桐ってのを誘い出して、まとめてやっちまえ」

「影野はどうするんです？」

「影野は俺がやる。ヨウコ、美雪の行動を張ってろ。どこかの公園にでも入ったら、連絡を入れろ」

「えー、めんどくさいなあ……」

ヨウコが言うと、神谷は腰を浮かせた。

髪の毛をつかんで、引き寄せると同時に、平手打ちを見舞う。ヨウコの口からタバコが飛んだ。

「痛い！　離してよ！」

ヨウコは神谷の手首を握って、暴れる。

神谷は往復ビンタを食らわせた。そして、顔を近づける。

「おまえは黙って、俺の言う通りに動いてりゃいいんだよ。二度と口答えするな。沈めるぞ」

低い声で言う。

ヨウコは神谷を睨み返したが、眦《まなじり》は引きつっていた。

神谷は突き放すようにして、髪の毛から手を離した。ヨウコは落ちたタバコをヒールの先で揉み消し、新しいタバコを出して自分で火をつけた。

「長尾は今度の金曜日にさらって、閉じ込めとけ。土曜日は祭りだ」

神谷は宙を見据え、にやりとした。

## 2

その週の金曜日、長尾は大学の授業に必要な資料探しで神田の古書店を巡り、午後八時過ぎに帰宅の途についていた。

東中野駅で降り、東口に出て、結婚式場沿いの道を北へ進んで、右折して路地に入り、神田川方面へ向かう。

大東橋《だいとうはし》を渡って神田川を越え、大町通りを東へ進む。神田川を越えると、そこからは新宿区となる。

アパートは淀橋市場の南側にあるので、普段であれば、すぐ右手の路地に入り、大東橋公園沿いの狭い道をくねくねと歩いて、家に向かう。

しかしその日は、大町通りを道なりにまっすぐ進んだ。

小滝橋通りに出る二本手前の道を左折し、新宿区立北柏木《きたかしわぎ》公園に入った。

現在の北新宿一帯は、かつて柏木町《かしわぎちょう》と呼ばれていた。長尾が移り住む五年前、住居表示が実施され、柏木町の二丁目から四丁目、五丁目の一部が北新宿という町名となった。

その柏木町の北に位置する場所にあった公園のため、そのまま北柏木公園という名前が残っている。

住宅街に囲まれた広い公園には、今は遊具やアスレチック、長いローラー滑り台などがあるが、長尾がいた当時は、周りに大きなマンションなどもなく、木々に囲まれ、広場と子供用の遊具、ちょっとした球技用スペースがあるだけの公園だった。

それでも、近隣住民の憩いの場となっていて、夕暮れまでは近隣の子供たちの遊ぶ声が絶えないところだった。

　しかし、夜も更けると、ほとんど人はいなくなる。深夜には、時々、淀橋市場に野菜を運んできたトラックの運転手が車を離れて休息していることもあったが、食事時からその時間まではしんと静まり返る場所だった。

　長尾は車止めをよけ、公園の中へ入った。木立の奥に進み、広場の真ん中まで来て立ち止まる。

　手に持っていた、本を詰めた紙袋とスポーツバッグを足下に置き、ゆっくりと振り返った。

「おまえら、何の用だ？」

　薄闇の先を睨む。

　スーツ姿の男が四人立っていた。

　この男たちは、古本屋街からずっと、長尾のことを尾行している。

　長尾は気づいていたが、素知らぬふりをして、地元の公園へ男たちを誘い込んだ。

「長尾だな」

　グレーのスーツを着た角刈りの男が一歩前に歩み出る。

　街灯の明かりが男の顔をうっすらと照らした。その顔を見てすぐ、相手の正体がわかった。

ディスコにいた聖神グループの一人だ。

ということは、残りの連中も聖神のやつらか……。

「なんか用か？」

「一緒に来てくれないか」

「どこへ？」

「うちの事務所に」

男が言う。

「何の事務所だ？」

「わかってんだろ」

男が長尾を睨む。他の男たちも殺気立ってきた。

「まともに答えないヤツに付き合うつもりはない。どうしてもってんなら」

長尾は拳を握った。

「力づくで連れてってみろ」

瞬間、向かって右前方に走った。青ラメのスーツを着た男がいた。細い眼鏡をかけた、リーゼントの男だ。

いきなり長尾が迫ってきて、身が固まった。

長尾は男の頭をつかんだ。頭を押さえながら飛び上がる。右膝を突き上げた。

男の顎先に膝頭がヒットした。手を離す。

男は口から血を噴き上げ、眼鏡を飛ばし、背中から真後ろに倒れた。

長尾は男を飛び越え、着地すると同時に、倒れた男の顔面を踏みつけた。

男の口から折れた歯がこぼれる。短い呻きを漏らし、ぐったりとした。

男たちが振り返った。

「やってくれるじゃねえか……」

グレースーツの男が長尾を睨む。

「事務所なんかに連れてかれたくはないんでね」

気絶した男の腹を踏む。男の体が少しくの時に折れて跳ね、また沈んだ。

他の二人が懐に手を入れた。長尾は自分に近いネイビー色のスーツの男に近づいた。

男が一歩下がる。長尾はさらに踏み込んで、上着の上から男の右手を押さえた。すかさず、男の腹にボディーブローを叩き込む。

男が前屈みになった。割れたスーツの合わせ目から匕首が覗いた。

長尾は素早く左手を男の懐に入れ、匕首の柄を握って、刀身を抜いた。引き抜く際に、切っ先で男の肩口を切りつける。

ワイシャツが裂けて皮膚が切れ、血が滲む。男が顔をしかめた。すぐさま手の甲を返し、柄頭で男のこめかみを打つ。

男は長尾の腕をつかんだ。が、ふらついて、長尾から手を離す。

長尾は男の上体が左に傾いたタイミングに合わせ、右回し蹴りを放った。長尾の脛が男の横っ面を蹴り上げた。

そのまま振り切る。男は宙で横に二回転して、地面に叩きつけられた。呻く男の腹に爪先を叩き入れる。男は目を剝いて、胃液を吐き、気を失った。

ブラウンのスーツを着た男が匕首を抜いて、背後から長尾に迫っていた。グレースーツの男が仲間に目を向ける。

その視線に気づき、長尾は振り返ると同時に匕首を投げた。

ブラウンスーツの男は足を止め、屈んだ。回転する匕首が、男の頭上を過ぎる。

男が顔を起こす。目の前に、長尾が立っていた。右脚が上がっている。踵が頭上に降ってきた。

ごっ……と鈍い音が響いた。男の顔面が地面にめり込む。男は突っ伏したまま痙攣《けいれん》した。

残りはグレースーツの男だけだ。長尾は一気に勝負をつけるべく、振り返ろうとした。

その時、発砲音が公園に轟いた。

左のふくらはぎに、ぴりっとした痛みが走り、熱くなった。膝が崩れる。長尾は左膝を支点にして右脚を振り、半回転してグレースーツの男と向き合った。

男の手に握られた黒い塊の先からは、ゆらっと煙が立ち上っていた。

「竜南の長尾。ヤクザが道を譲るってのも、まんざら嘘じゃなかったようだな」

「だったら、てめえもさっさと引っ込めよ」

長尾は男を睨み上げた。

「その気迫もたいしたもんだ」

男は再び引き金を引いた。銃弾が長尾の左肩を弾く。

長尾は左肩を押さえて、さらに上体を落とした。

「おまえみたいなのは殺しといたほうがいいと思うんだがな。ボスが連れて来いってんで仕方ねえ」

銃口を向けたまま、話しながら歩み寄る。

長尾は目の端で武器を探す。しかし、視界には倒した男しか入ってこない。

男は長尾の視線を見て、にやりとした。

「銃を前にしてあきらめねえのはたいした度胸だが、やめとけ。うっかり頭を吹き飛ばすことになる」

銃口を頭部に向ける。

長尾はうつむいて、息を吐いた。血の付いた右手をゆっくりと上げる。

「わかったよ。好きにしろ」

顔を起こした瞬間、男の右脚の甲が長尾の顎を蹴り上げた。

長尾は倒した男の上にあおむけになって重なり、意識を失った。

3

土曜日になった。

竜司は早くからスーツに着替えていた。

二段ベッドの上から宇田桐が声をかける。

「おやおや、影野氏。今日も美雪ちゃんとお出かけかな？」

からかうように、にやりとする。

「そうだ」

竜司は背を向けたまま、答えた。

「うまくやったねえ」

「そんなのじゃない」

「デートだろ？　いいじゃないか。うらやましいよ」

「そんなのじゃないと言っているだろう。相談があると言うから、出かけるだけだ」

竜司はネクタイを締め、上着を取ってロッカーを閉じた。

「あとで合流するか？」

　下のベッドから楢山が声をかける。

「いや、今日は用事が済んだら、寮に戻るよ」

　上着に袖を通し、振り返る。

「長尾と会うなら、よろしく言っといてくれ」

　そう言い、部屋から出て行った。

　宇田桐が下のベッドを覗き込む。

「野暮《やぼ》なこと言うなよ、楢山」

「何がだ？」

「若い二人が週末のひと時を楽しむんだ。そっとしておいてやれ」

「俺は誘ってみただけじゃねえか」

「はあ……こんな唐変木《とうへんぼく》、見たことないな」

「誰が唐変木だ！」

　下からベッドを殴る。

　宇田桐はひょいっと飛び降りた。

「で、俺たちはどうする？　長尾んとこか？」

「それが、長尾と連絡が取れねえんだよ」

「長尾もデートか？」

「かもしれんがな」

話していると、室長の梶原が戻ってきて、楢山に声をかけた。

「楢山、家から電話だ」

「家から？」

「早く行け」

梶原が言う。

楢山は白いジャージの襟を整え、宇田桐を一瞥して、部屋を出た。

早足で管理室に向かい、ドアの前に立つ。

「楢山です！」

大声で言い、ドアを開ける。

「電話だ」

教官が受話器を外している電話機を目で指す。

「ありがとうございます！」

楢山は四十五度に上体を傾け、一礼し、中へ入った。

受話器を取り上げ、耳に当てる。

「もしもし！　楢山ですが！」

つい大きな声になる。

——威勢がいいな、サツの候補生は。

低い男の声がした。知らない声だ。

一瞬、目つきが鋭くなるが、すぐに普段の顔つきに戻した。

「ご無沙汰しています。ご用件は？」

——長尾を拉《ら》致《ち》した。

男の言葉に、檜山は真顔になった。込み上げた怒りを抑え込んだせいか、血の気が引いていく。

「そうですか。どうすればよろしいでしょうか？」

——今から大久保公園に来い。宇田桐ってヤツも連れてこい。

男は一方的に命令すると、電話を切った。

「はい、わかりました。のちほど、伺います」

檜山は切れた電話に丁寧に返事をして、受話器を置いた。

「ありがとうございました！」

教官に向いて、一礼する。

「田中さんだったな。おまえの叔父と言っていたが、身上書《しんじょうしょ》には記されていなかったぞ」

教官が疑いの眼を向ける。

「遠縁の叔父なので、記載は必要なかったかと思いまして」

「何の用だったんだ？」

「久しぶりに東京へ出てきたもので、私の両親と共に、警察学校の入学を祝いたいとのことでした」

すらすらと作り話が出てくる。頭は驚くほど澄んでいた。

教官は少しの間、楢山をじっと見つめていたが、楢山が動じないのを見て、視線を外した。

「行って良し」

「失礼します！」

楢山は直立して礼をし、教官に背を向けた。表情から緩みが消える。

そのまま部屋に戻ると、宇田桐がすぐに声をかけてきた。

「楢山。なんかあったか？」

「何、言ってんだ？」

楢山は気づいたように笑みを作った。

「人を殺しそうな顔してるぞ」

「物騒なこと言うんじゃねえよ」

楢山の笑顔が引きつる。

宇田桐が顔を寄せた。

「ヤバいことがあるなら、言ってくれよ。力になる」

小声で言う。

「ありがとう。でも、うちでちょっとした揉め事が起こっているだけなんだ。なんでもねえから、心配するな」

檜山は話しながらロッカーを開き、素早くスーツに着替えた。

「まあ、そういうわけだからよ。今日は別行動だ。すまねえ」

宇田桐の二の腕を叩いて、足早に部屋を出た。

## 4

檜山は新宿駅まで電車で行き、大久保公園へ向かった。

新宿区立大久保公園は、都立大久保病院の裏手、歌舞伎町の北端にある。

今は金色の柵に囲まれ、スポーツを楽しめるエリア、一般利用できるパークエリア、様々なイベントが行なわれるエリアに分かれている。

しかし、かつては広場と遊具エリアが設置された、どこにでもある公園だった。

ただ、他の公園と違うのは、立地だ。

歌舞伎町のど真ん中を抜けた先にある公園なだけに、気軽に遊びに行くという場所でもなく、昔から怪しい人たちがうろついている場所でもある。

問題になっている売春目的のたちんぼも、昔からいた。現在は、困窮した若い日本人の女の子たちの姿が多いが、当時は日本人だけでなく、様々な国の女性が公園の内外に立って、男たちを誘っていた。

そして、それを管理している暴力団員もあからさまに見える場所に立ち、目を光らせていた。

現代のように、一般人が気軽に踏み込めるような雰囲気の場所ではなかった。

学生時代から、檜山はこの場所にはあまり近づかないようにしていた。

ヤクザが怖かったわけではないが、身売りしている女性に興味もないし、絡まれると面倒なだけだからだ。

歌舞伎町を奥へと進むほどに、檜山の眼差しが鋭くなっていく。ひりひりとした殺気が檜山の全身に沸き立っていた。

大久保病院を回り込み、公園へ入った。

そのまま広場のど真ん中に立つ。

と、真正面からグレーのスーツを着た男がゆっくりと歩いてきた。左右、背後からも男たちが近づいてくる。

檜山は正面から来る男を睨みつけた。

男は一メートルほど手前で立ち止まった。

「楢山だな」

ポケットに手を突っ込み、顎を上げて、楢山を見やった。

「おまえは？」

楢山が訊いた。

「俺は聖神グループの茂森だ」

「そうか」

楢山は茂森を見据えたまま、拳を握った。

「おっと、騒ぎは起こすな。長尾が死ぬぞ」

茂森が余裕を見せた。

楢山は拳を解いた。

「一人か？　宇田桐は？」

「おまえから電話が来る前に出かけちまった」

「本当か？」

「捜してみりゃいいだろ。周りにいるチンピラどもに命令してよ」

楢山は顔を回して、左右と後ろを見やった。茂森に目を戻す。

茂森はじっと楢山を見返した。ふっと息をつき、ポケットから手を出す。

「まあいい。来てもらおうか。ついてこい」

茂森は歩き出し、楢山の脇を過ぎた。

楢山もついていく。二人を囲むように、スーツを着た男たちが左右と背後を固めた。

茂森は、公園を回り込んで路地に入り、真ん中あたりにある雑居ビルの玄関を潜った。

「こっちだ」

茂森が呼ぶ。他の男たちは楢山が逃げないよう、身を寄せた。

楢山は茂森の背中だけを見て、玄関を潜り、階段を上がっていった。

階段は狭く、踊り場も広くはない。各フロアにドアが一つあるだけ。使い勝手がいいとは言えないビルだが、砦として使うには悪くない構造だ。むやみに攻め込めば、最上階へたどり着くまでにやられるだろう。

茂森は最上階の五階まで上がった。楢山を挟んで男たちも後ろから上がってくる。

ドアのベルを鳴らす。

「誰だ」

ドアの内側から声がかかった。

「茂森だ。楢山を連れてきた。開けろ」

言うと、ロックが外れた。

茂森がドアを手前に開けた。

「入れ」

楢山を促す。

楢山は躊躇なく、中へ入った。玄関に靴脱ぎ場はなかった。

「そのまま奥へ行け」

茂森が後ろから命令する。

靴を履いたまま、奥へ進む。廊下の左右に扉がある。居室だったのだろうが、あまり生活感がない。

突き当たりのドアを開ける。広々とした部屋のど真ん中にソファーが置かれている。その先に紫檀《したん》の大きな机があり、ハイバックの椅子がある。背後の壁には、刀を咥えた鷹《たか》をモチーフにした同盛会の代紋が掲げられ、その下に日本刀が二本飾られていた。

ソファーにはスーツを着た男が三人、赤いタイトなワンピースを着た女が一人座っていた。

四人が一斉に楢山に目を向ける。

茂森が楢山の背中を突き飛ばした。楢山は部屋の中へ入った。

「楢山を連れてきました」

茂森は、紫ラメのスリーピースを着たパンチパーマの男を見やった。

「宇田桐は？」

「連絡前に出かけたそうです。あとで、捕まえてきます」

「さっさと捕まえてこい」

言うと、男は檜山を見上げた。

「てめえが檜山か」

眉のない眉間に皺を立てる。

「おまえはどこのチンピラだ？」

檜山が見下ろす。

白いスーツの男が立ち上がった。

「なんだ、てめえ！」

檜山につかみかかろうとする。檜山は顔も向けずに、左の裏拳を放った。

男の顔面にヒットした。男が後方へ吹っ飛ぶ。倒れたまま、口元を手で押さえる。鼻と口から出た血が、指の間からにじみ出ていた。

他の男や茂森たちが一斉に気色ばむ。

「やめろ、てめえら！」

紫ラメスーツの男が声を張った。

男たちは檜山から少し距離を置いた。

「俺は聖神グループのリーダー、神谷だ。近いうち、同盛会から盃をもらうことになっている」

「おまえのことなんざ、どうでもいい。長尾を返してもらおうか」

楢山は神谷を睨んだ。

神谷はふっと笑った。

「おまえら、看板も後ろ盾もねえのに、たいしたもんだな。うちに来ねえか、こないだディスコで俺に恥をかかせてくれた連中、まとめて」

神谷が言う。

「ああ、おまえらか。手も出せず、女を取られたんで仕返しってわけか。そんなくだらねえ連中とは付き合えねえな」

「そうかい」

神谷は楢山の後ろに立つ茂森を見やった。茂森はうなずいて、部屋を出た。

廊下のドアの開く音がした。呻き声と何かを引きずる音も聞こえる。

リビングのドアが開いた。楢山は振り返った。

「長尾！」

駆け寄って、長尾を引きずっていた男を突き飛ばす。男は壁に背中を打ちつけ、息を詰めた。

口に巻かれていたガムテープを剝ぎ取り、抱き上げる。

長尾が顔をしかめた。左肩のシャツが赤黒く染まっている。

「おまえら、何をしたんだ……」

全員を睥睨する。

「また……撃たれちまった」

長尾が声を絞り出した。

「撃たれただと？」

「そういうこと」

茂森が懐から黒い塊を抜き出した。銃口を楢山の頭に押し当てる。

楢山は一瞬身を固めた。神谷が口を開く。

「楢山よ。俺たちはそろそろ本物になるんだ。素人に舐められたんじゃ、メンツが立たねえ。殺しゃしねえが、少し痛い目に――」

勝ち誇ったように身を乗り出して話す神谷を無視して、楢山は長尾の手足を拘束しているロープの結び目を解き始めた。

「勝手な真似してんじゃねえよ」

茂森が発砲した。

楢山の足下のカーペットに弾が食い込む。白い煙が漂い、つんとした火薬のニオイが鼻を突く。

それでも楢山は作業を続け、長尾の拘束を解いた。

「足もやられたのか」

「いきなりだったからな。さすがに銃はよけられねえ。すまねえな、面倒かけて」

長尾が笑う。額には脂汗が滲んでいる。唇も紫色で、顔は蒼《あお》い。

「気にするな。すぐ、隣の病院に連れてってやるよ」

「大久保病院か？　あそこはろくな医者いねえだろ」

「そりゃ言いすぎだ。都立だぞ」

楢山は笑みを返した。

「てめえら！　普通に話してんじゃねえよ！」

茂森が再び、銃口を頭に押し付けた。

「ちょっと待ってろ」

長尾に声をかけた瞬間、楢山は立ち上がった。声のした場所から顔の位置がわかった。

そこに頭頂部を突き上げた。

茂森の顎が跳ね上がった。腕も上がり、指が引き金を引く。暴発した弾丸が天井を抉る。

振り返り、左手で、銃を握っている茂森の右腕を握った。固めた右拳を真正面から、顔面に叩き込む。

茂森の首が後ろに傾き、勢いで前に倒れてきた。一瞬で意識が飛んでいた。

楢山は茂森の腹のベルトをつかみ、持ち上げた。

神谷を見て、投げつける。茂森の体が宙を舞う。

神谷は立ち上がって腕をクロスし、腰を落として茂森の体を受け止めた。神谷のガードに弾かれた茂森の体がテーブルに落ちる。

テーブルの灰皿やグラスが砕け散り、天板が割れた。

女が小さな悲鳴を放って、両脚を引き、ソファーで丸まった。

神谷はガードを解いた。フロアに沈んだ茂森の顔を踏みつける。茂森の口から血《ち》反吐《へど》が飛散した。

「上等だ、てめえら。聖神の神谷を舐めんじゃねえぞ」

「知らねえよ、おまえなんか」

楢山は神谷を睨みつけた。

背後で、男たちが匕首を抜く音が聞こえた。玄関のドアが開く音もした。複数の足音が入ってくる。

誰かが仲間を呼びに行ったのだろう。

それでも、楢山は背後に気を取られることなく、神谷を見据えた。

男たちが楢山の背後にずらりと並んだ。肩越しに睨みつける。男たちはびくっとし、足を止めた。

楢山はゆっくりと神谷に視線を戻した。

「神谷とか言ったな。おまえらが何しようが、俺の知ったこっちゃねえが、ダチをやられて黙っていられるほど、人間できちゃいねえんだ」

「てめえ、これだけの人数に勝てると思ってんのか？」

神谷が粋がる。

と、長尾が笑い声を立てた。

「おまえ、全員ぶっ倒すのが勝ちだと思ってんのか？　チンピラはこれだから。楢山、言ってやれ」

長尾が煽る。

楢山は神谷を見据えた。

「クソ共のドスで何度刺されようとな」

少し腰を落とす。

「おまえだけはぶち殺す」

フロアを蹴って、突進した。左手で神谷の喉をつかんだ。

神谷は目を剥いて、楢山の左手を掻《か》き毟《むし》る。楢山は右手も首にかけ、握った。神谷の顔がみるみる紅くなっていく。

背後の男たちが動こうとした。楢山は神谷の首をつかんで持ち上げ、振り向いた。

「動くな！　こいつの首、へし折るぞ！」

　さらに持ち上げる。

　神谷は檜山の両手首をつかみ、脚をバタバタさせていた。

　長尾をちらりと見やる。長尾は足を引きずって、檜山の背後に回った。

「道を開けろ！　こいつが死んじまうぞ！」

　檜山は神谷の首を持ったまま、腕を左右に振った。神谷の体が人形のように揺れる。腕の力も弱まってきていた。

　男たちは顔を見合わせた。そして、左右に分かれようとした時だった。

「檜山！」

　長尾が叫んだ。

　右横で影が揺れた。目を向ける。赤い服が突っ込んできていた。

　脇腹に何かが刺さった。檜山の指の力がふっと抜けた。神谷の首から手が離れる。

　長尾が右足だけで立ち上がった。右の平手を振る。女の悲鳴が聞こえた。凄まじい平手打ちで女が吹っ飛び、茂森の上に倒れ込んだ。その手からナイフがこぼれる。

　長尾はよろよろと後退し、机の端に尻をかけ、右手を突き、体を支えた。

　檜山も長尾のところまで下がる。脇腹を見た。刺されたところから血が滲みだし、白いカッターシャツを赤く染める。

「すまねえ。気づいたんだが、体が動かなかった」

長尾が言う。

「かすり傷だ」

檜山は目の前の男たちを睨みつけた。

「ふざけやがって……」

神谷が喉をさすり、咳き込みながらふらふらと立ち上がった。神谷の左右に匕首を握った殺気立つ男たちがずらりとひしめいた。

「なあ、檜山。さすがにヤバくねえか？」

長尾がつぶやく。

「ああ、やべえな」

「どうする？」

「動けるか？」

「ちょっと厳しいな……」

「わかった。合図したら机の後ろに回れ。こいつら全員やっちまうからよ」

「何するつもりだ」

「いいから、そうしろ」

檜山が男たちの様子に目を向けながら言った。

神谷は檜山たちを睨みつけ、怒り心頭で震えている。そして、両眼を見開いた。

「殺れ！」

神谷が怒鳴る。

「行け！」

檜山も同時に声を張った。

長尾は右足一本で跳ね、机の後ろに回った。神谷の部下たちが一斉に押し寄せてきた。

檜山は机の上に飛び乗った。壁に飾った日本刀を二本取り、一本を長尾の足下に落とす。

もう一本の刀の鞘を握り、刀身を抜き出し、振り向いた。振り向きざま、水平に振る。

男たちがあわてて足を止めた。

「おら、来てみろ！　一人残らず、切り裂くぞ！」

檜山は柄を握った。

その時、逮捕術教練を思い出した。肩、腰、脚を打って、相手を制する。

殺すことはねえな。

檜山は刀を返し、峰を向けた。

机の上から飛び降りるや、目の前の男たちの肩を打ち、脚を打つ。

動きが委縮していた男たちは、檜山の一撃を食らい、その場に膝を落としたり、肩を押さえて匕首を足下に落としたりした。

剣道に熟練していたわけではない。が、毎回竜司と本気の練習をしていたせいか、相手の動きがよく見えた。

匕首を突き出してきた男の手首を剣先で叩く。横に開いた男の膝を横から打つ。返す刀で、反対側にいる男の脇腹に峰を叩き込む。

必死ながら、意外と落ち着いていた。一人、また一人と男たちが倒れていく。

「へえ、やるじゃん」

長尾は机の脇から楢山の動きを見て、笑みを浮かべた。

下がった男たちが廊下で団子状に詰まり、身動きが取れなくなっていた。その真ん中に神谷がいる。

「てめえら！　下がるな！　殺れ！」

怒鳴るが、前の方にいる男たちは楢山に気圧され、向かっていけない。

男たちの前進は止められている。が、このままでは、楢山たちが逃げ出すこともできない。

どうする……。突っ込むか。

楢山が覚悟を決め、柄を握り直した時だった。

玄関の方で短い悲鳴や呻き声が聞こえた。怒号も聞こえる。

背後の様子に気づいた前方の男たちは、後ろを見たり、仲間と顔を合わせたりして、うろたえている。

何が起こっているのかわからないが、檜山は右往左往する男たちに峰を振った。男たちはなすすべなく檜山に倒され、沈んでいく。玄関口の様子が見えた。思わず、目を丸くした。

「宇田桐！」

宇田桐は玄関口に溜まる男たちを、一人また一人と倒していた。狭い通路でも、宇田桐はスピードを生かし、ヒットアンドアウェーを繰り返し、確実に敵をねじ伏せていた。両側から男たちを削り、気がつけば、神谷と周りを取り囲む数人だけになっていた。

神谷は檜山の方を向いていた。檜山の前には二人の男が立っていた。その後ろに神谷は隠れるように身を縮めている。

檜山は右側の男の頭頂を峰で打った。男が頭を押さえてうずくまる。左側の男が匕首を腰元に構え、背を低くして突っ込んできた。

檜山は男の頭を左手で押さえた。男が匕首を突き出す。檜山は腰を引いた。切っ先は届かない。

檜山は右腕を振り上げた。柄頭を男の頭に振り下ろす。骨を打つ鈍い音と共に、男が前のめりになって沈んだ。

玄関側を見ると、宇田桐が残りの男たちを倒していた。

立っているのは神谷一人だった。

先ほどまでの威勢は鳴りを潜め、小さくなって震えていた。

楢山は刀を表に持ち替え、切っ先を神谷の喉元に突き付けた。

「ま……待て。悪かった。ここは手打ちといこうじゃねえか」

神谷が頰を引きつらせて笑顔を作る。

「手打ち？　おまえの一方的な逆恨みだろ？　このままにはしておけねえ。落とし前ってもんがあんだろうがよ」

楢山は切っ先を皮膚に食い込ませた。皮膚が切れ、血の玉がぷくっと浮かぶ。

「楢山、こんなの殺してもつまらないぞ」

宇田桐が言う。

「なんで、おまえがここにいるんだよ」

「嘘つくのが下手だからなあ、おまえさん。なんかありましたって顔してるのに、放ってはおけないだろう？　だから、尾行の練習をさせてもらった」

宇田桐がにやりとする。

と、奥の部屋で電話が鳴った。神谷の顔が強ばる。

長尾が電話を取った。

「もしもし……はい、はい。ああ、今、神谷さんは忙しいんで、伝えておきますよ」

話を合わせて、電話を切る。

「なんの電話だ？」

檜山が大声で訊いた。

「女からだ。影野が美雪さんと日比谷《ひびや》公園に入ったんだってよ」

長尾が言う。

それを聞き、檜山は左手で神谷の胸ぐらをつかんだ。引き寄せ、鼻先を突きつける。

「これは、やめておこうな」

宇田桐は檜山の右手からそっと刀を取った。

「刀持ってないからって、あまり油断しない方がいいぞ。檜山なら、おまえを殴り殺せる」

神谷の耳元で言い、リビングに入っていく。

「おまえ、影野も襲う気か」

襟元をねじり、締め上げる。

「そのつもりだったが、これじゃあ、どうにもできねえよ！」

神谷は檜山の手首を握り、声を張った。

檜山は神谷を連れて、リビングへ戻った。宇田桐が長尾の脇下を抱え、ソファーを起こして座らせた。

その横に座り、楢山に目を向ける。

「あら、やられたのか？」

宇田桐が顔を突き出し、楢山の脇腹を見た。

「蚊に刺された程度だ」

神谷を投げ転がす。仰向けに倒れた神谷の腹を踏みつけた。

神谷の体がくの字に折れ、血混じりの胃液を吐き出した。

「連絡してきた女ってのは？」

靴底で腹をぐりぐりとこねる。

神谷は相貌を歪めた。

と、宇田桐が立ち上がって、机の上に倒れていた写真立てを手に取った。神谷や茂森、女も何人か写っている。

それを持って、神谷の脇にしゃがむ。

「電話をかけてきたのは、どの女だ？」

写真を見せる。

神谷が顔を背けようとした。楢山が再び、靴底で腹をこねる。

神谷は咳き込んだ。

「わかった、わかった！」

神谷は右腕を上げた。

「こいつだ」

肩パッドの入った黄色いタイトなスカートスーツを着たソバージュの女を指で指した。

「名前は？」

「ヨウコだ！」

「ヨウコには、どう言って、影野を尾行させたんだ？」

「美雪と影野を尾けて、公園かどこかへ入ったら連絡をしろと命令した」

「そこで影野たちを襲うつもりだったのか」

檜山が右脚を上げ、腹を踏みつけた。

神谷は再度赤い胃液を吐き出し、腹を押さえて横になり、丸まった。

「まあまあ、興奮しないで」

宇田桐は言い、神谷の顔を覗き込んだ。

「ヨウコから連絡が来たら、どうするつもりだったんだ？」

静かなトーンで訊ねる。

「俺が仲間と共に出向いて、そこでやっちまうつもりだった」

「ヨウコにやらせるつもりじゃなかったんだな？」

「あの女には何もできねえよ」

「そうか。ありがとさん」

宇田桐は笑顔を見せると、右の掌底を神谷の顎先に打ち下ろした。

神谷の首が曲がり、顎がフロアにぶつかってバウンドする。そして、こめかみを打ちつけ、そのまま意識を失った。

「おー、宇田桐も強いなあ」

長尾が言う。

「まあ、それなりに」

宇田桐は立ち上がって、神谷を見下ろした。

「さて、どうする？」

宇田桐が部屋を見回した。伸した人間があちこちに転がり、重なっている。

「宇田桐、ヨウコって女を押さえてくれねえか。こいつら、同盛会と通じてるのは知ってんだろ。女が、神谷が来ないのに焦れて、同盛会の連中に連絡を入れると面倒だ」

楢山が言った。

「そうだね。おまえらはどうする？」

「俺は長尾を病院に連れて行く。そこの大久保病院にな」

「それがいい。ついでに、おまえの怪我も診てもらえ」

「俺はかまわねえ。早えとこ、女を止めろ。同盛会も面倒だが、影野の耳に入ると、ますます厄介になる」

檜山が言う。

「そりゃそうだな。あいつが知ったら、同盛会にぶっこみそうだ」

宇田桐が笑った。

「女は、含めりゃ、騒ぎはしねえだろ。そこはおまえに任せる。で、おまえは寮に戻って、ここへは来てないことにしろ」

「なぜだ？」

「こんな騒ぎを起こしたとなりゃあ、強制退学だ。おまえを巻き込むわけにはいかねえからよ」

檜山が言うと、長尾がふらっと立ち上がった。

「それを言うなら、檜山、おまえもどこかで治療を受けて寮に戻れ。後処理は俺がやっとくから」

「バカ言うな。おまえこそ、大学を追い出されんだろうが」

「元はといえば、俺がおまえらをディスコに連れてっちまったから、こんなことになったんだ。大学はいくらでも入り直せる。だが、警察学校はそうはいかないだろ。俺に預からせてくれ。あの時の恩もある」

長尾は檜山をまっすぐ見つめた。

「そうだな。楢山、長尾に任せよう」

「おまえは口を出すな！」

「第三者が口挟まないと、おまえも辞めちまうだろう。そうなりゃ、長尾にまた貸しを作ることになる。おまえ、長尾を苦しめたいのか？」

宇田桐が正視して問う。

楢山は歯ぎしりをしたが、言い返せなかった。

「まあ、とりあえず、俺は女押さえて、影野の暴走を止めてくるよ」

宇田桐は持っていた写真立てを足下に落として、靴で踏みつけ、割った。中から写真を取り出して、ポケットにねじ込む。

「楢山。長尾の思い、汲《く》んでやれ」

宇田桐はそう言い残し、出て行った。

「あいつ、案外いいヤツだな」

長尾が微笑む。

「気に食わねえけどな」

楢山は玄関の方を睨んだ。

「とりあえず、おまえを病院へ連れて行く」

楢山が長尾に近づこうとした。

長尾が右手を上げて止める。

「一人で行くよ。そこで、撃たれたことも話す。そうすりゃ、警察がここに踏み込んで、こいつら全員引っ張るだろ？　素人相手に銃までぶっ放したとなりゃあ、同盛会も関係を断つ。安本の時と同じだ。きれいに片づく」

「大丈夫か？　近くまで一緒に――」

檜山は言うが、長尾は顔を横に振った。

「行ってくれ。おまえが行かねえと、俺が出られねえ。そろそろきつくなってきたんで、早く病院に行きてえんだが」

長尾がよろけた。

檜山は近づこうとして、足を止めた。伸ばしかけた手に拳を握り、引っ込める。

「死ぬんじゃねえぞ」

「バカ。死にたくねえから、病院に行くんだろうが。さっさと去れ」

長尾が苦笑した。

檜山は後ろ髪を引かれる思いで、急ぎ足でビルを出た。

# 5

「ほんと、暴れてばかりね」

紗由美は頬杖をついて、大きく息をついた。

「暴れたくて暴れてたわけじゃねえしな」

楢山が苦笑する。

「その後、どうなったんですか？」

真昌が訊いた。

「打ち合わせ通り、長尾が一人で病院に行って、そこで神谷たちに捕まり、銃で撃たれたと話した。医者も銃創《じゅうそう》はわかるからな。すぐさま、警察に連絡を入れて、機動隊が突入して、一網打尽にした」

「でも、全員倒してたんでしょ？　疑われなかったの？」

紗由美が訊く。

「もちろん、長尾は聴取を受けたが、抵抗して一人でやったと言い張った。そんなわけはないんだが、この時期、沖縄で大きな暴力団抗争が起こっていて、機動隊員が射殺されるという事件が起こったんだ」

「そんなことがあったんですか！」

　真昌が目を丸くする。

「資料室へ行ってみりゃ、第四次沖縄抗争の資料もあるだろうから、暇なときに目を通しておくといい」

　楢山は言い、一息ついて、話を続けた。

「それで、警察庁長官が暴力団壊滅作戦を指示して、全国的に暴力団への取り締まりが厳しくなっていてな。大小関わらず、根こそぎ潰していってる最中だったんだ」

「それは、なんともグッドなタイミングねえ」

　節子が言う。その言い方がおもしろくて、三人の顔に思わず笑みがこぼれた。

「そうなんですよ。ツイてるというか、なんというか。聖神グループを潰すには、ディスコで揉めたという長尾の証言と長尾に対する暴行の事実だけでよかった」

「それで、細かいことは不問になった？」

　紗由美の言葉に、楢山がうなずく。

「で、事は収まるはずだったんだがな」

「ひょっとして、ヨウコ？」

　紗由美が訊く。

「よくわかるな」

楢山が眉を上げて見せる。

「その話で、トラブルメーカーになるとすれば、ヨウコしかいないもんね」

「どうしてだよ、おばちゃん」

真昌が訊いた。

「ヨウコって子からすれば、自分のステータスを上げてくれるはずの男を潰されたわけでしょ。かたや、そのきっかけとなった美雪さんは、竜司さんとなんだか幸せそうにしてる。おもしろくないわよね」

「そんな理由で……」

「女って怖いのよ」

真昌をじっと見つめ、にやっとする。

真昌は肩を竦めて、さんぴん茶を飲んだ。

「宇田桐がしっかり言い含めたんだがな。逆ギレして、別の不良グループに近づいて、美雪ちゃんをさらって、脅してきたんだ」

「めちゃくちゃだなあ……」

真昌がため息をつく。

「そういうめちゃくちゃな時代だった」

「誰を脅したの？」

「長尾だ。俺が長尾のアパートにいる時、電話がかかってきた。日曜の夕方だったんだ。竜司と別れたところを狙って、拉致したようだったな」

「竜司さんたちと一緒に助けに行ったの？」

紗由美が訊く。

「いや、竜司の耳には入れなかった。宇田桐にも話さなかった。俺と長尾の問題だからな。それ以上、あいつらを巻き込むのは、さすがに申し訳なかった」

「楢さんと長尾さんの二人で助けに行ったんですか？」

「いや、長尾はまだ動ける状態じゃなかったんでな。一人で行った」

「あんたもケガしてたんじゃないの？」

紗由美が言う。

「さらしを巻いて締めときゃ、問題ない程度だったよ」

「問題ないって……」

紗由美が呆れる。

「また、銃とか匕首で襲われたんですか」

真昌は興味津々に身を乗り出した。

「いや、たいしたことはなかった。十人ほど待っていたが、チンピラ以下の不良集団でな。ナイフを持っていたヤツもいたが、最初の一人をぶん殴ったら、ビビって逃げ出しちまったよ」

「なんだ、そりゃあ」

真昌が苦笑する。

「ヨウコって子はどうしたの？」

節子が訊く。

「ビンタを浴びせてやりました」

楢山が自嘲気味に笑った。

「あんたにビンタされたら、ヨウコって子も怖かったでしょうね。何発叩いたの？」

紗由美が言う。

「俺は、二度と美雪ちゃんに手を出さないよう、顔が腫れ上がるまで叩いてやろうと思ったんだがな。美雪ちゃんが止めたんだ。ヨウコには嫌な思いもさせられたけど、大事な大学の同期生だからと」

「優しい子ね」

節子が目を細める。

「それでもその後、ヨウコには縁を切ると、びしっと言いました。優しいが、芯の強い子でもありました」

「そのくらいでないと、竜司さんとは付き合えないもんね」

　紗由美は微笑んで、遺影に目をやった。

「そうな。あいつと付き合うには、バケモノ級の胆力がいる」

　紗由美を見て、にやりとする。

「なによ！」

　紗由美はふくれっ面して、そっぽを向いた。

　真昌もにやにやとする。紗由美が真昌を睨みつける。真昌は顔を少し振っておどけ、サーターアンダギーをかじった。

「ただ、事が片づいたのが、午後九時半。その時、俺はまだ代々木《よよぎ》公園にいた」

「九時半って。帰寮時間過ぎてんじゃないですか」

　真昌はサーターアンダギーを握ったまま、楢山を見た。

「そうなんだ。腕時計を見て、それに気づいた時、なんか気が抜けちまってな。辞めようと思っちまったんだ」

「気が抜けてって……」

　真昌が首を傾げる。

「無理してたんだね」

　紗由美が楢山を見つめる。

「そうだったのかもしれん。只見さんに言われて入ってみたものの、どういう警察官になりたいのか、具体的に見えていなかったからな。竜司たちといるのがおもしろかったから、学校の延長みたいな感じで続けてたけど、他の連中との温度差は感じてた。これ以上、竜司たちにも迷惑かけたくなかったしな」

「どこへ行こうとしてたの？」

紗由美が訊いた。

「決めてなかったが、とりあえず、遠くへ行こうと思ってな。給料も入ったところだったんで、新幹線に乗ろうと東京駅へ行ったんだが――」

「新幹線、なかったでしょ」

紗由美がにやっとする。

「そうなんだよ。俺、遠出したことなかったんでな。新幹線は一番遅くまで動いてるもんだと思ってた」

「楢さん、そりゃないよ！」

真昌が大笑いする。

楢山は真昌の頭を軽く小突いた。

「いっ！」

真昌は首を引っ込め、頭をさすった。

「当時は、新幹線って、夢の乗り物だったものねえ」

節子は懐かしそうに微笑み、湯飲みを手のひらで包み、さんぴん茶を啜った。

「新幹線に乗れなくて、どうしたの？」

紗由美が楽しそうに訊いてくる。

「仕方ないんで、朝まで待って始発に乗ろうと思ってな。東京駅地下の待ち合わせ場所のベンチで寝てたんだよ」

「のんきなものね」

紗由美が笑う。

「でも、帰寮していないと、学校では大騒ぎだったでしょ？」

真昌が言った。

「ああ。学生と教官あげての大捜索が始まっていたみたいだったな」

楢山は当時を思い出し、笑った。

# 第四章　激突！

## 1

楢山が東京駅地下の待ち合わせ場所のベンチで寝ていた頃、警察学校の寮では教官たちが学生を体育館に集めていた。

校長が険しい顔で学生たちを見回し、口を開く。

「本日、本校の学生である楢山君が脱走した。これは由々しき事態である」

校長は重い口調で言った。

「これは我が校の問題である。よって、我が校に籍を置く教官、並びに生徒諸君の手によって解決されるべき事案である」

話を聞きながら、宇田桐は竜司に少し顔を寄せた。

「である、である、うるさいな」

小声で言う。

と、教官が鋭い目で宇田桐を睨んだ。宇田桐は首を竦め、直立した。

「であるからして、君たちの手で、楢山君を見つけ、ここへ連れ戻してもらいたい。以上！」

校長がびしっと指示をする。

校長の話が終わると、主任教官が前に出た。

「各教場ごとに分かれて、都内全域を捜索する。振り分けは各教官と話し合い、決定している。教場長は教官の指示に従い、生徒を振り分け、ただちに捜索に当たるよう。状況報告は教場長が取りまとめ、一時間ごとに教官に報告。楢山を発見次第、私に連絡を入れるように。以上、解散！」

主任教官が言うと、教官と生徒たちが一斉に動き始めた。

竜司は担任である吉家の下に駆け寄った。竜司に宇田桐や他の生徒も続き、三列に並ぶ。

「我々は当該教場のため、捜索地域は指定されていない。影野、宇田桐」

名前を呼ばれ、竜司と宇田桐が一歩前に出る。

「おまえたちは楢山とよく休日に出かけていただろう。あいつが行きそうなところに心当たりはないか？」

吉家がじっと二人を見つめる。

「ありません」

答えたのは、竜司だった。

宇田桐は即答した竜司に驚いて、顔を向けたが、すぐに吉家の方に向き直り、答えた。

「自分も心当たりはありません」

「本当か？　よく思い出せ」

吉家が宇田桐を見つめる。視線の圧に、宇田桐の頬が引きつる。

「わかった。では、影野と宇田桐は二人で、檜山と出かけたところを回ってこい。捜索地域で抜けているところをカバーする。以上、捜索にかかれ」

生徒たちは直立し、敬礼をした。

散らばっていく。体育館を出た宇田桐は、先を行く竜司に身を寄せた。

「教官、俺たちを泳がせて、誰かに尾行させるつもりだろうな」

肩越しに背後を見る。あきらかに、宇田桐たちに目を向けている生徒が何人かいる。

「どうする？」

宇田桐が訊く。

「かまわん。それよりも」

竜司が宇田桐に顔を向けた。

「何があった？」

目が鋭い。宇田桐は気圧《けお》され、距離を取った。しかし、圧力が宇田桐に迫る。

「怒るなよ……」

「約束する」

「絶対な。おまえが怒ると怖いからさ」

宇田桐は念を押して、大きく息をつき、口を開いた。

「こないだ、長尾がさらわれちまったんだ」

「誰に？」

「ディスコでおまえが美雪ちゃんを助けただろ。あの時の野郎どもにだ。あいつら、聖神グループとかいうチンピラ集団でな。おまえだけじゃなくて、俺たち全員やっちまおうってんで、長尾をさらったんだよ」

「長尾を？」

「ああ。おまえが出かけた後、ここに電話があってな。それで、楢山が一人でヤツらのアジトに突っ込んでいったんだ。俺はあいつの様子が変なんで、尾行して、結果手助けすることになったんだが」

「なぜ、俺に連絡しなかった？」

竜司が睨む。

「おまえは美雪ちゃんとデートだったろ。人の恋路を邪魔するような野暮な真似はしない」

「そういう問題じゃないだろう」

「そういう問題だ」

宇田桐は見返した。

「俺も楢山も長尾も、おまえと美雪ちゃんがうまくいけばいいなと思っている。おまえみたいな堅物、美雪ちゃんを逃せば、次いつチャンスがあるかわからないしな」

にやりとする。

竜司はそれを聞いて、ため息をついた。そして、ふっと笑みをこぼす。

「それで、どうなったんだ？」

「俺と楢山で聖神の連中をぶちのめしたんだが、長尾が気をつかってくれてな。全部、一人でやったと言い張った。長尾は撃たれていたんでな」

「撃たれたのか！」

「ああ。俺たちが去った後、病院に行って事情を話したら、警察が突入して一網打尽。ヤツらのケツ持ちをしていた同盛会も煽《あお》りを食って、今、追い込まれているよ」

「知らなかったな……」

「そりゃそうだ。俺と楢山は一応、所轄の四課には事情を話した。教官も知っているだろうが、万が一、おまえの耳に入れば、同盛会を潰しに行きかねないだろ。だから、長尾の件は口外しないようにということになったんだ」

宇田桐たちの懸念もわかるだけに、竜司は押し黙った。

「しかし、連中が俺のところへ来ることはなかったな」

竜司がぼそりとつぶやく。

「おまえらのところにも行っていたんだよ。リーダーの女がヨウコというヤツでな。美雪ちゃんとは大学の同期生らしいんだが、そいつにおまえと美雪ちゃんを見張らせていた」

「美雪さんを！」

竜司が目を吊り上げる。

「心配するな。その情報を得て、俺がおまえらを襲う前に、ヨウコを捕まえて含めた。刑務所に入りたいなら、襲って来いと。その代わり、刑務所に入る前に、全員竜司に殺されても文句を言うなとな。顔をひきつらせて、尻尾巻いて逃げてったよ」

「それで終わったのか？」

「ああ、終わった。おまえの出番はない」

宇田桐が笑みを見せる。

「事情はわかったが、次にもし、そういうことがあった時は俺にも知らせてくれ」

「おまえがぶっ込まないと約束するならな」

「人を猛獣扱いするな」

「猛獣じゃない。怪物だよ、おまえは」

宇田桐は笑い、竜司の二の腕を叩いた。

「とりあえず、長尾のところに行ってみよう。あいつのところにいるか、いなくても何か知ってるだろう」

「そうだな」

「尾行、撒くか？」

宇田桐が訊く。

「放っておこう。長尾の件が上に知れているなら、俺たちがそこへ行くことも織り込み済みだろうしな。今は、急いだほうがいい」

竜司が言う。宇田桐は首肯し、二人で歩を速めた。

## 2

二十分後、二人は長尾のアパートについた。宇田桐がノックをする。

「誰だ」

中から声がかかった。

「宇田桐だ。影野もいる」

答える。

やや間があって、足を引きずるような音が聞こえ、ドアが少しだけ開いた。

宇田桐が顔を覗かせる。

「いるか？」

小声で訊くと、長尾は顔を横に振った。

「入ってもいいか？」

宇田桐の後ろから竜司が訊いた。

長尾はうなずき、ドアを開けた。周囲を見る。

「気にするな」

宇田桐は言い、先に入った。竜司も続き、後ろ手にドアを閉める。

長尾は左足を引きずりながら、部屋へ戻った。

「脚を撃たれたのか？」

竜司が訊く。

「左脚と左肩だ。なんだ、知らないのか？」

布団に入って、壁にもたれる。

「話してないからな」

宇田桐が言うと、長尾は納得したように大きく首を縦に振った。

「おまえも、俺を猛獣扱いするな」

竜司は苦笑し、布団の脇に座り、あぐらをかいた。宇田桐も腰を下ろす。

長尾の顔には、絆創膏やガーゼが貼られていた。唇の周りや右の瞼《まぶた》に痣《あざ》が残る。

「俺のせいですまない」

竜司は太腿に手をついて、頭を下げた。

「詫びるなよ。悪いのは、クソどもだ。正しいことをして、逆恨みされただけのことだろ。おまえが頭を下げるってことは、そうした連中に屈したってことになる。正義は貫け」

長尾はにかっとし、親指を立てた。

「かっこよく決めたところ悪いがな。楢山がどこに行ったか、知らないか？」

宇田桐が口を挟んだ。

長尾の顔が一瞬強ばった。

「何があった？」

竜司は見逃さず、訊いた。

長尾はしまったという表情でうつむいたが、大きく息をついて、顔を上げた。

「影野、怒るなよ？」

長尾が念を押す。

「俺はそんなふうに見えるのか?」

宇田桐と同じことを言われ、竜司はつい苦笑いを浮かべた。

「おまえは、どこでもかしこでも威圧感を出し過ぎるんだよ。出てしまうものは仕方ないけどな」

宇田桐が微笑み、長尾の方を向いた。竜司も長尾に顔を向ける。

長尾は一つ息をついて、口を開いた。

「影野、今日、美雪ちゃんと会っていただろう?」

「ああ」

「おまえと別れた後、美雪ちゃんがさらわれた」

長尾が言うなり、竜司の眉間に縦皺が立つ。

「待て待て、まだ続きがある」

長尾は右手のひらを向けて制し、話を続けた。

「さらったのは、ヨウコだ」

「ヨウコ? 俺はしっかり含めたぞ」

宇田桐が真顔になる。

「そうなんだろうが、あの女は執念深かったんだな。他の不良グループと組んで、俺たちに仕返ししようとして、美雪ちゃんをさらい、まずは俺に電話をしてきた。ちょうどその頃、楢山がここにいてな」

「楢山が行ったのか、一人で？」

竜司が訊く。

長尾はうなずいた。

「おまえらをこれ以上、巻き込みたくなかったしな。元はといえば、俺が渋るおまえと楢山をディスコに誘ったことが発端だ。楢山も行かせたくはなかったんだが、俺はこのありさまで動けねえし」

包帯が巻かれた腕や足に目を落とす。

「で、どうなったんだ？」

宇田桐が訊く。

「あっさり解決したようだ。まあ、そこいらの不良が何人束になっても、楢山はやられねえ。美雪ちゃんも救出して、安全なところまで送り届けたと俺に連絡があった。だが、その頃には、寮の門限はとっくに越えてたな」

「楢山はなんと？」

竜司が訊く。

「もう、戻らねえって」

長尾がため息をついて、小さく顔を振る。

「なぜだ?」

宇田桐が訊いた。

長尾は宇田桐を見た。

「理由は言わなかったが、疲れた声をしてたな。不良どもとやり合った疲れというよりは、警察学校に疲れているみたいだった。あいつ、高校時代は自由に生きていたからな。窮屈なところで、よくここまで我慢したと思うよ。なあ、影野、宇田桐」

二人をまっすぐ見つめる。

「あいつを逃がしてやるわけにはいかねえかな」

長尾は真顔で続けた。

「あいつ、たぶん限界なんだよ。相当無理してたと思うよ」

「そこまで苦しんでいるなら、なぜ、辞めなかったんだ?」

竜司が訊ねる。

長尾は竜司を見て、微笑んだ。

「おまえらがいたからだ」

そう言い、宇田桐の方も見やる。

「初めて、休暇でここへ来たときな。俺はてっきり、くたびれ切った顔で、学校の悪口を散々垂れるんだろうと思ってた。でも、違ってた。顔はなんだか生き生きとしていて、おまえらの話ばっかするんだよ。影野って、得体の知れねえ強えヤツがいるとか、宇田桐って小賢しいヤツが俺のベッドの上にいるとか」

「小賢しいは心外だな」

宇田桐が笑う。長尾の顔にも笑みが滲む。

「あいつのマブダチは俺くらいしかいねえと思ってたから、ちょっと嫉妬したくらいだけどよ。会ってみたら、あいつが気に入るのもわかった。二人、タイプは違うが、誰かとつるもうとせず、強い。あいつは昔から、そういうヤツが好きでな。おまえら、ドンピシャだったよ」

「影野はわかるが、俺は違うぞ。協調性を重んじる男だ」

宇田桐が言う。

「どうでもいい連中には愛想振りまいているだけだろ？　そりゃ、協調性じゃなくて、世渡り術だ」

長尾が笑う。笑いすぎて傷に響き、少し顔をしかめた。前屈みになって咳き込む。

「おいおい、大丈夫かよ」

宇田桐が長尾の背中をさすった。

「すまねえ。けど、俺もおまえらといるのは楽しくてな。あいつの気持ちはわかる。でも、もういっぱいいっぱいなんだろうな。そこで、きっかけができちまった。あいつはもう戻らねえと思うぞ」

長尾は顔を上げた。

「あいつを逃がしてやってくれ。頼む」

そう言い、頭を下げる。

宇田桐は返答しかねていた。と、竜司が言った。

「逃がさん」

「捕まえるのか？」

長尾と宇田桐が竜司を見やる。

長尾は竜司を睨んだ。竜司はまっすぐ見つめ返した。

「捕まえて、一度引き戻す。その後、あいつが辞めたいなら辞めればいい。だが、逃げてはいけない。ここで逃げれば、逃げ癖がついてしまう」

「どうにもきつい時、逃げるのもありなんじゃないか？」

宇田桐が言う。竜司は宇田桐に顔を向けた。

「逃げていい時はある。しかし、ここは逃げてはダメだ。辞めるなら辞めるで、きちんと筋を通して辞めないと、次も同じことをする。けじめをつけられない男にさせたくはない」

竜司は気負いなく話した。

　長尾がふっと笑う。

「堅物だなあ、影野は」

「だろ？」

　宇田桐も笑った。

「まあしかし、影野の言うことも一理だ。俺も、楢山がつまらねえ男になるのは見てられない。行って来いよ」

「知ってるのか？」

　宇田桐が長尾を見た。

「たぶんだが、東京駅だ。あいつ、新幹線に乗って、食堂車でカレーを食うのが夢だと言っていたからな」

「なんだそりゃ？」

　宇田桐が目を丸くする。

「あいつは東京から出たことがねえ。修学旅行も行かなかったしな。新幹線で遠くに行きてえとよく話してたんだ。俺たちにとっては大都会でも、あいつにとっちゃ生まれ育った田舎だからな。旅行でもしねえことには、新幹線には乗れねえ」

「けど、新幹線はこの時間もうないだろ」

「あいつはそういうところにほんと、無頓着だからよ。今頃、始発待ちで、どっかのベンチで寝てんじゃねえかな」

「とんでもねえバカだな」

宇田桐が顔を横に振る。

「愛すべきバカだ」

長尾が笑った。

と、竜司が立ち上がった。

「長尾、窓から出られるか？」

「ああ、裏の家と家の隙間を抜ければ、反対側の通りに出るが」

長尾が答えると、竜司は玄関まで行き、靴を持ってきた。

「裏から出るのか？」

宇田桐が腰を浮かそうとする。

「おまえはここに残って、長尾と話していてくれないか。二人の話し声がしていれば、尾行してきた者たちは、まだ俺たちがいると思うだろう。しかし、長くなれば疑う。ドア前まで様子を見に来た時、全然別の場所に楢山がいると話して、そっちへ向かってくれ」

「オトリってわけか」

宇田桐がにやりとする。

「面倒な役割を任せてすまないが」

「いいよ。特捜に行けば、こうした工作も必要だ。長尾は協力者だ」

「おっ、いいねえ。協力させてもらいましょう」

二人は笑顔を竜司に向ける。

「影野、楢山を頼む」

長尾が竜司を見上げた。

竜司は強く首を縦に振り、窓から外に出た。裸足のまま地面に降り、靴を持って家の間を抜けていく。

宇田桐は竜司を見送り、音を立てないように窓を閉めた。

「さて、工作を始めるか」

宇田桐は長尾と微笑み合った。

## 3

楢山はベンチに深くもたれて、うとうとしていた。

疲れていた。

不良どもを相手に暴れた疲れもあるが、辞めると決めた途端、気が抜けたところもある。

これからのことは何も考えていなかった。

何をしようか……と、ぼんやり考える。脳裏に浮かぶのは、警察官の制服を着た自分の姿だった。

ハッとして、目を覚ました。

「俺は……」

手を見つめた。

只見や校長に言われ、仕方なく入った警察学校だった。

自分が警察官になるなんて、かけらもイメージできず、いつ辞めるかばかりを考えていた時期もある。

しかし、いつの頃からか、辞めたいと考えることがなくなっていた。

警察学校のカリキュラムがあまりに過酷なこともあったが、それ以上に、竜司や宇田桐と三人で切磋琢磨することが楽しくなっていた。

その中で、いつしか、三人が卒業をして制服を着ている姿を思うようになっていた。

「そうか、俺は……」

楢山は手を握りしめた。

胸の奥から、寂しさや哀しさが込み上げてくる。楢山はグッと奥歯を嚙み、その思いを嚙み殺した。

思いを断ち切るように顔を上げる。と、その目に別教場の同期生の顔が映った。

「捜しに来たか。そりゃそうだな」

楢山はベンチに深く身を沈め、様子を探った。知った顔の他にも、スーツ姿の若い連中がうろうろしている。立ち止まっては周りを見回しているので、一目瞭然だ。

ここで見つかれば、連れ戻される。教官や校長にこっぴどく怒られた後、引き留められるのだろう。

素直に詫びれば、警察学校には残れるのかもしれない。

ただ、それはしたくない。肩身の狭い思いをしてまで警察官になりたいかと問われれば、それもなんとなく違う気がする。

もう、戻れねえ。

楢山は身を屈め、行き交う人の陰や柱に身を隠しながら、連絡通路を通り、丸の内口を出た。

行幸《ぎょうこう》通りを西へ進み、日比谷通りを越えて、皇居外苑に入る。楢山は馬場《ばば》先濠《さきぼり》に面した木々の陰に身を隠し、移動した。

皇居外苑は、馬場先門交差点の通りを挟んで南側と北側に分かれている。

今、楢山がいるのは北側だが、そちら側には交番があり、警察官も通りに立って、通行人を監視している。

楢山は背を丸めて通行人を装い、南側へ移った。

こちらにはバスターミナルがあり、日中は外苑を抜けて皇居へ向かう観光客でひしめいている。

しかし、夜になり、観光客を乗せたバスがなくなると、売店も閉まり、昼間の賑わいが嘘のようにひと気がなくなり、しんと静まり返ったほの暗い空間になる。

楢山は身を隠す場所を探していた。すると、楠木正成の銅像が立つ広場に出た。

前足を跳ね上げた馬に跨り、威風堂々と正面を見据えている像が暗がりに浮かび上がる。

楠木正成がどういう人物か、楢山はよく知らない。しかし、目の前の軍勢にも怯まず、馬上で敵を睨みつけ、覚悟を決めて突っ込んできそうなその姿を目にして、ふっと笑みをこぼした。

「何やってんだ、俺は……」

銅像を正面から見られるベンチに腰かけた。

背もたれに両肘をかけ、股を開いて座り、銅像を見上げる。

「あんたは逃げたことないのか？」

銅像に語りかける。

「八方塞がりになった時、あんたはどうした？」

ぽつぽつと口から言葉がこぼれる。

「情けねえ自分を見ちまった時、あんた、凹まなかったのか？」

自問するように、声を出す。

と、銅像の方から声が聞こえてきた。

「足ることを知って、及ばぬことを思うな」

声のした方に顔を向ける。

台座の陰から男が姿を現わした。

「おまえか」

楢山が微笑む。

竜司だった。楢山を見据え、ゆっくりと近づいてくる。

「よく見つけたな」

「たまたまだ。長尾が東京駅にいるだろうと言うんで、駅に来てみたら、まだ他の教場の生徒たちがおまえを探し回っていた。つまり、駅構内にはいない可能性が高いということだ。だが、おまえが新幹線に乗りたがっているというのを聞いていたので、近くにはいるかもしれないと思った。それで、周辺を探していたら」

「こんなところにいたというわけか」

「隠れず、堂々と座っているのは、想定外だったがな」

竜司が言う。

楢山は苦笑して、竜司を見つめた。

「さっきの言葉はどういう意味だよ」

「他人にありながら自分に足りないものがあったところで、他人より自分が劣っているということにはならない。自分の中にあるものを見失うことなく、自分らしく生きていけということだ」

竜司が楢山の前に立った。

「おまえ、今、自分らしく生きられているか？」

まっすぐ見下ろす。

楢山は思わず顔を背けた。

「おまえとの付き合いは長くない。しかし、おまえは何があっても筋を通す人間だと今も思っている。辞めるなら辞めるで仕方ないが、筋を通せ」

「勝手に決めつけんなよ」

楢山は竜司を睨み上げた。

「筋を曲げたことなんざ、いくらでもある。適当に生きてきた人間だ。おまえみたいにご立派な人間じゃねえ。ほっといてくれ」

乱暴な口調で吐き捨てる。

「本気で言っているのか？」

「本気に決まってんだろうが」

「そうか……」

竜司はベンチを横切った。背後の芝生の広場に入っていく。

松の木に囲まれた空間の真ん中で立ち止まり、楢山の背中を見据えた。

「来い。叩きのめしてやる」

竜司が言った。

「あ？」

楢山は振り向いて立ち上がった。

「誰を叩きのめすだって？」

竜司を睨む。

「そこで斜に構えているデカいガキをだ」

竜司は挑発をした。

楢山は芝生の広場に入っていった。敷き詰められた芝は、柔らかい畳のようだった。一足ごとに靴底が芝に沈む。

竜司と対峙した。楢山は眉間に皺を立て、睨みつけた。竜司は仁王立ちしたまま、楢山を見返した。

穏やかな空気が流れる空間の中に、肌を刺すような緊張感が走る。

「手加減しねえぞ」

「ガキに手加減されるほど、俺は弱くはない」

「そうかい。覚悟しろ」

楢山は拳を固めた。

## 4

「竜司さんとやり合ったの！」

紗由美が目を丸くした。

「ああ。後にも先にも、竜司と本気でやり合ったのは、その一度だけだ」

楢山が微笑む。

「超メガトン級の対戦じゃないですか。うちの親父が言ってましたよ。楢さんも竜司さんも、鬼より強いって」

「化け物扱いするな」

楢山は苦笑した。

「うちの涼太もよく言ってましたよ。楢山さんも竜司さんも、何があっても死なないんじゃないかって」

「だから、おばあ……」

頭を掻いて、さんぴん茶を飲む。

「けど、二人とも無事じゃすまなかったでしょ？」

紗由美が楢山を見つめる。

「まあな。俺は生涯で、こいつより強いヤツに会ったことはない」

楢山は遺影を見て、目を細めた。

## 5

楢山は拳を握り、竜司を見据えた。

竜司はただ立っているだけだった。しかし、隙が見当たらない。どこからどう攻めても、返り討ちに遭いそうだった。

とはいえ、啖呵《たんか》を切った以上、退くわけにはいかない。

楢山にも意地はある。

どこから攻める……。

考えていると、竜司がふっと息を抜いた。

「楢山。おまえ、そんなヤツだったのか？」

「何がだ」

ちょっと小バカにされたようで、カチンときた。

「おまえは、いい意味で考えずに突っ込むヤツだと思っていた。時に考えることは必要だが、差し迫った場面では、考える前に本能で動くことが大事だ。野生動物に襲われた時、考えた瞬間にやられる」

「俺は野生児じゃねえ。おまえがどういう生き方をしてきたかは知らねえが、動物の喧嘩じゃねえだろ」

「人間も殺し合いなら変わらない」

竜司の気配が変わった。

凄まじい殺気が全身から湧き上がる。楢山は気圧され、二、三歩後退した。

瞬間、竜司が突っ込んできた。楢山はさらに下がろうとした。が、竜司の動きが速すぎる。

下がるとやられる。楢山の本能が囁いた。

楢山は足を止めた。腕をクロスして顔面の前に立て、ガードを固めて腰を落とした。

竜司の右ストレートがガードの上から炸裂した。骨が軋んだ。拳の圧力は衝撃波のようにガードを貫き、脳を揺らした。

頭がクラクラしながらも、弾き飛ばされそうになったところを踏ん張り、押し返す。

竜司が左腕を振る。察した楢山は、クロスしていたガードを立て、右の頬とこめかみを防御した。

そこに強烈な左フックが浴びせられる。楢山の上体が左に傾く。ガードごと吹き飛ばされそうだ。

竜司はすかさず、右フックも放った。ガードで受けると、今度は楢山の上体が右に揺れる。

竜司は足を止めて、左右のフックを振り回した。

骨が軋み、ガードする両腕が痺れてきた。防戦一方を強いられ、背中を丸めるほどに視線が落ちる。

その時、竜司の右脚の爪先がふっと動いた。

蹴りが来る。肌が感じ取った。

楢山は膝を落とし、ガードを解いて、竜司の懐に突っ込んだ。腰に腕を回し、タックルを浴びせて竜司を押し込む。

竜司は足を前後に開き、楢山を受け止めた。竜司の踵が芝の上を滑る。

楢山の動きが止まる。楢山はもう一つ押し込んで、竜司を倒そうとした。

竜司が楢山の後頭部から首に腕を巻いた。ふっと重心を後ろに移し、膝を曲げて腰から落ちる。

押していた楢山の上体が前のめりになった。足が浮き上がる。竜司は背中を丸め、首をロックしたまま後ろに回転した。

檜山はとっさに右手を突いた。芝の上に頭から叩きつけられるのと、首を折られるのを防いだ。

竜司は半回転したところで、首から手を離した。檜山の体が浮き上がり、宙を舞う。

檜山は宙で体をひねって、左側面から落ちた。左腕で芝を打ち、受け身を取る。

すぐさま横回転して、その勢いで立ち上がった。

「なんだ、この技は。プロレスでもやってたのかよ」

「熊に襲われた時、これで倒した」

竜司が答える。

他の者が同様の答えをすれば、ふざけるなと激怒するところだ。が、竜司を前にすると、それも軽口には聞こえなかった。

「今度は熊扱いか」

「似たようなもんだろう」

「わかったよ、熊の恐ろしさを叩き込んでやる」

檜山が目を剝いた。殺気で空気が震える。腹の底から激情が沸き上がってきているのに、頭は澄んでいた。体は冷たい感じがするものの、血潮の流れは目で見ているように感じられる。

この感覚は初めてだった。

楢山の気配が変わり、竜司が初めて半身で構えた。

竜司の殺気も一段上がる。しかし、楢山は気圧されることなく、受け入れていた。

竜司が動いた。楢山のやや右斜めに踏み出し、ハイキックを放ってきた。

楢山は左前腕で顔の半分を防御しながら、竜司の懐に入り、右ストレートを放った。

竜司が脚を引き、後ろに飛び退く。

さっきまで見えなかった竜司の動きがよく見える。いや、見えるというより、温度のある物体の動きを感じているという感覚だった。

右ストレートを引っ込めた楢山は、竜司の温度を感じる場所へステップを切り、左フックを振った。

影がスッと目の前から消える。が、温度は真下に感じた。

気配が下から突き上がってくる。

楢山は上体を逸らした。顔の前を竜司の右アッパーがよぎる。

楢山は右ボディーフックを繰り出した。拳が竜司のガードに当たる。

右前頭部に竜司の打ち下ろし気味の右フックが迫る。楢山は拳の方を向いて、額で受け止めた。

竜司の拳の勢いを借りて、そのまま斜め後ろに回り、膝立ちで立ち上がり、構える。

竜司はそこを狙って、地を蹴り、飛んだ。右膝を突き出す。

楢山は左手の甲に右手のひらを添え、左手のひらで膝頭を受け止めた。自分の手の甲が顔面に当たり、鼻腔《びくう》から血が流れる。

それでも押されず、反った上半身を体幹で返し、竜司を弾き飛ばした。

竜司が芝の上を二回転した。スッと立ち上がる。

楢山はそこに迫った。竜司の構えが、わずかに遅れる。腰をひねって、右の打ち下ろしフックを浴びせた。

竜司の左前側頭部に拳が当たった。竜司の上体が大きく左に傾いた。

楢山が拳を振り切った。

竜司は倒れる寸前に、右のボディーフックを楢山の脇腹に入れた。

楢山が身を捩った。竜司は芝の上に叩きつけられた。

楢山は竜司をまたいでマウントを取ろうとした。竜司は右脚の足底を楢山の胸に当て、そのまま蹴りだした。

楢山の体が起き上がった。竜司もその隙に後転し、立ち上がった。

竜司の頭部が切れ、血が流れていた。楢山の顔の下半分も血まみれになっている。

二人が同時に前に出た。額と額がぶつかり、骨が重い音を立てた。両者の額が割れ、血が滴る。

しかし、二人の顔にはうっすらと笑みが浮かんでいた。

余裕があったわけではない。限界を振り切った昂揚感が自然と顔に表われていた。

楢山と竜司は間近で睨み合い、足を止めて殴り合い始めた。

体格では楢山に分がある。しかし、竜司の拳には、体格差を埋めて余りあるほどの力があった。

とにかく体幹が強かった。体軸がぶれず、スピーディーに回転し、どんな姿勢からでも鞭のようなパンチを繰り出してくる。

かたや、楢山は体格を生かした重みのあるパンチで応戦する。スピードは竜司に劣るものの、一発一発の重みは並の人間なら骨まで砕けそうな衝撃がある。

どちらもガードはするが、擦り抜けたパンチが顔面を捉えていた。気がつけば、二人とも顔が腫れ上がっている。拳が当たり、ふらつく場面もある。

それでも踏ん張って、殴り合いを続けた。

## 6

真昌はサーターアンダギーを握ったまま、楢山と竜司の話を聞いていた。

紗由美も節子も、その凄まじさに聞き入っている。

楢山が話を止めて茶を啜ると、三人が同時に大きく息をついた。

「楢さんとまともに殴り合って、立ってられる人がいるなんて、信じられないですよ」

真昌はまじまじと竜司の遺影を見つめた。

「ほんと、そんな人、私も見たことがない」

紗由美が再び、大きく息をつく。

「でも、皇居外苑でそんなことをしていたら、すぐに見つかるでしょう？」

節子が訊いた。

紗由美と真昌は、はたと気づいたように楢山に目を向けた。

「ほんとだ。あのへん、警察官も多いもんね」

「どうなったんですか？」

真昌が身を乗り出して訊いた。

「知らない間に、警察学校の生徒や教官だけでなく、警察官にも囲まれてたんだよ」

「知らない間って」

紗由美が苦笑する。

「誰かが警察か近くの交番に通報したんだろうな。バスが停まる駐車場には十台以上のパトカーが停まっていて、三十人以上の警察関係者に囲まれてた」

楢山は笑った。

「けど、俺たちはまったく気づかず、ひたすら殴り合ってたんだよ」

「そんなことあるの？」

紗由美が呆れる。

「なんだろうな。アスリートで言うゾーンに入っていたんかなあ。俺も竜司も、お互いのことしか見えていなかった。いや、感じていなかったというのが正解かもしれんな」

楢山が思い出しながら語った。

## 7

楢山と竜司は、ついには左手で互いの胸ぐらをつかんだまま、右拳一つで殴り合っていた。

もはや、ガードもない。どちらかが倒れるまでのデスマッチだ。

瞼は塞がり、腫れ上がった顔はもうどこが痛いのかすらわからなくなっている。それでも拳は止まらない。

楢山の拳が竜司のこめかみにヒットする。竜司は少しだけ頭をずらし急所を外すが、衝撃は脳を貫き、意識が飛びそうになる。

そこを踏ん張った竜司がショートストレートを真正面から叩きこむ。

強烈なストレートに顎が跳ね上がり、そのまま後ろに倒れそうになる。だが、楢山は竜司の胸ぐらを強くつかみ、体を起こす。そして、同じようにショートストレートをぶち込む。

竜司が顎を引き、額で受け止める。骨が激突する鈍い音がする。楢山の基節骨《きせつこつ》が軋む。竜司の額が割れ、おびただしい血が川のように流れる。

いつしか、パトカーがバスの停留所に集まっている。赤い回転灯が松の木の隙間から楢山たちを照らす。

警察官が駆け寄ってくる。が、壮絶な光景を前にして、誰もが足を止めた。

東京駅にいた警察学校の生徒や教官も連絡を受け、駆けつけていた。しかし、彼らもまた、あまりに激烈な殴り合いを目にして、ただただ見つめるだけだった。

二人はそれほど多くの者たちに囲まれていることにも気づかず、拳を振るった。

それから五分ほどして、駐車場に一台のパトカーが到着した。そこから降りてきたのは、楢山たちの部屋の室長、梶原と宇田桐と長尾だった。

宇田桐たちは警察官の囲みに駆け寄った。人垣から中を覗く。

「あーあ、やっちまってるよ」

宇田桐がつぶやく。

「そろそろ止めないと、二人とも死んじまうねえ」

長尾は人垣を割って、前に出た。

「俺も行ってきます」

梶原に言い、長尾に続く。

「君！　近づいちゃいかん！」

警察学校の教官が止めようとした。

宇田桐がその間に割って入る。

「先生、俺たちに任せといてください」

笑顔で言い、長尾の横に並ぶ。横目で長尾を見て言う。

「行けそうか？」

宇田桐は、長尾の左脚に目を向けた。

「一発なら、なんとかなりそうだ」

長尾が笑みを返す。

「それで十分。俺は影野。おまえは檜山な」

「オッケー」

「じゃあ、一、二の三！」

宇田桐が合図をする。二人は同時に走り出した。

檜山たちは殴り合いに没頭していて気づかない。

竜司に迫った宇田桐が地を蹴り、飛び上がった。同時に横で長尾が飛び上がる。

二人は竜司と楢山に飛び蹴りを食らわせた。

肩口を蹴ると、二人は同時に倒れた。竜司が立ち上がろうとする。宇田桐は、その肩に左脚を伸ばし、足底で押さえた。

楢山はうつぶせていた。長尾は背中にまたがり、襟首をつかんで、顔を芝に押し付けた。

「はいはい、二人ともおしまい、おしまい」

宇田桐が手を叩く。

「なんで、おまえがいるんだ？」

竜司が宇田桐を見上げた。

「長尾と画策したんだが、すぐバレちまってな。俺と長尾は梶原さんたちに捕まっちまって、東京駅へ移動するパトカーの中でいろいろ訊かれていたんだよ。そこに、おまえらが見つかったって一報が入ってな。しかも殴り合ってるというじゃない。そりゃいけないってんで、駆けつけたというわけ」

宇田桐が話す。

「そうそう。俺らの工作なんて、簡単に見抜かれてた。警察官の卵とはいえ、さすがだね。ごまかそうとぺらぺらしゃべってた時、つい、東京駅って言っちまってたし」

長尾が自嘲する。

梶原がゆっくりと歩いてきて、二人の間に立った。

「影野君、檜山君。君たちはいい友達を持っているな。この友達の気持ちにどう応えるか、学校へ戻るまでにじっくり考えなきゃな」

屈んで、竜司の肩と檜山の背中をポンと叩く。

「まずは、病院だ。しっかり治してこい」

梶原は立ち上がり、宇田桐と長尾の肩を叩いた。

「君たちには、事情を訊かせてもらうから、私と一緒に来てもらおうか」

言われ、宇田桐は足を下ろし、長尾は立ち上がった。

「おまえらのせいで、俺も大目玉だよ」

宇田桐が愚痴る。

「まあもう、隠し立てせず、全部話してくるからよ。あとは自分で決めろ」

長尾は檜山に微笑みかけた。

宇田桐は長尾の左脇に肩を通して支え、梶原と共に現場から去った。

教官と生徒たちが駆け寄ってきた。教官は近くの警察官に声をかけ、二人を警察病院へ連れて行くよう話を付けた。

生徒たちが竜司と檜山を抱え上げ、パトカーに連れて行く。

両脇を支えられて歩く檜山と竜司は、ふらふらになりながら、芝生の広場を後にした。

## 8

「めちゃくちゃね、あんたたち……」

紗由美が深いため息をつく。

「ほんと、話を聞いていただけで息が詰まるくらいだから、現場にいた人たちは戦々恐々だったでしょうね」

節子が苦笑する。

「入院したんですか？」

真昌が訊く。

「ああ、二人とも全治一カ月だ。俺は鼻と眼底をやられてた。竜司は顎にひびが入っていてな。医者からどやされたよ」

檜山は苦笑した。

「それで、そのあとはどうなったの？」

紗由美が訊ねる。

「竜司と病室が同じでな。その時、いろいろ話した」

檜山が遠くを見つめる。

9

楢山と竜司は、四人部屋のベッド二つを占領し、寝かされていた。

全身包帯だらけだったが、点滴は二日で取れ、あとは回復を待つだけだった。

しばらくは二人とも言葉を交わすことなく、ただただ寝ているだけだった。

一週間が過ぎた頃、顎の骨にひびが入った竜司の包帯が取れ、話せるようになった。

「楢山、どうするんだ？」

竜司がぼそりと訊いた。

「どうするって？」

首を傾ける。

「警察学校だ。辞めるのか？」

「辞めるも何も、こんな騒ぎ起こして、いられるわけがないだろう。強制退学だ」

楢山が笑う。

「それでいいのか？」

竜司が楢山を見た。

楢山は天井を見つめた。

「正直なこと言うと、今になって、ちょっと惜しいなとは思ってるよ。警察官ってガラじゃなかったが、おまえらと悪党相手に暴れられるなら、それもおもしれえかなと思ってよ」

「暴れるんじゃなくて、逮捕するんだろ？」

「似たようなもんだ。クソみたいな連中を堂々と殴り飛ばせる商売なんてのは、そうないからな」

「おまえ、警察官には向いてないな」

　竜司が呆れて微笑んだ。

「向いてねえ。でも、そういうヤツもいてもいいのかなと、ちょっと思っていたところだった。思っていたが、今回の件で俺はしまいだ」

「あきらめることはないと思うがな」

「迷惑をかけたことには頭を下げるが、しがみつくつもりはねえ。日本の治安はおまえらに任せるよ」

「俺もどうかな？」

　竜司がつぶやく。

「おまえは俺を見つけて連れ戻そうとしただけだ。抵抗した俺を止めるために、やむなく暴力をふるった。これで咎められてちゃ、警察官は仕事できなくなる」

「理屈はそうなんだがな」

竜司も天井を見つめた。

「本気で誰かと殴り合いをしたことは一度もなかった」

「そりゃそうだろ。おまえと殴り合って立ってられるのは、俺くらいだ」

楢山が笑う。

竜司も笑みをこぼした。その笑みがふっと翳《かげ》る。

「俺も警察官には向いていないのかもしれない」

「そんなことねえだろ」

「いや、おまえと殴り合っている時にな。今まで、感じたことのない感情が沸き上がった。殺してやろうとか倒してやろうってものではなくてな。楽しいと思ってしまったんだ。殴り合いが楽しいと思うことがあるなんて、想像したこともなかった。俺の中に、誰かを傷つけて喜ぶ一面があるのかもしれないと感じてな……」

竜司は胸元に置いた手を見つめる。

「そりゃ、違うぞ」

楢山が竜司に顔を向ける。

竜司も楢山の方を見た。

「楽しい喧嘩ってのは、信頼感があるからこそできるやつだ。正直、おまえの気迫は凄かったから、殺されるんじゃねえかと思ったけどよ。そうじゃねえって、途中で感じた。そこからは俺も楽しんだよ。まあ、その結果がこれだけどな」

楢山は自分の顔を指して、笑った。

「おまえの中には修羅が眠っているんだろうが、それは本当に危機が迫った時しか出てこねえ」

「なぜ、言い切れる？」

「言葉じゃねえだろ、そういうことを感じ取るのは」

にやっとして、拳を握ってみせる。

竜司も柔らかい笑みを覗かせた。

「心配するな。おまえは頼れる警察官になる。俺の見立てに間違いはねえ」

「おまえは？」

竜司が訊く。

楢山は大あくびをした。

「なんとかなるだろうよ。眠いから寝るぞ」

さらりと言い、目を閉じた。

竜司も顔を戻し、仰向けになって、目を閉じる。

と、ドアがノックされた。二人は目を開けた。

スライドドアが開く。姿を見せたのは、吉家教官だった。

二人は上体を起こそうとして、同じように痛みで顔をしかめた。

「起きなくていい」

吉家は二人を見据えた。

細身だが、いつも眉間に皺が立ち、眼光が鋭い。教官の中でもその厳しさは有名で、吉家教場の学生の脱落率は、他の教場の倍になることもしばしばだ。

しかし、吉家に教えられた学生は、卒業後に活躍している者も多い。それだけに、吉家教場の卒業生は各所轄、各部署の取り合いとなる。

吉家は楢山と竜司の足下、真ん中に丸椅子を置いて、座った。

「私の教場で、このような騒ぎを起こしたのはおまえらが初めてだ」

二人を交互に睨む。楢山も竜司も、目を強ばらせた。

「吉家教場の格も地に堕ちた」

「申し訳ありません」

竜司が先に詫びた。

「いえ、教官。俺が悪いんです。影野は俺を捕らえようとしただけで、その――」

「どっちも悪い」

吉家は睨んだ。

「楢山。おまえが悪いのは言うまでもない。おまえが帰寮時刻に間に合わなかった理由は、宇田桐と長尾君から訊いた。そうなった背景もわかった。おまえらが隠さず、すべてをつまびらかに私に話しておけば、今回の騒動はなかった」

「それは重々承知していますが、プライベートなことだったので、教官や同期生を巻き込むのは申し訳ないと思いまして」

「それが悪いと言っているのだ。最初のディスコでの出来事はともかく、長尾君が聖神グループにさらわれた件は、もはや犯罪だ。おまえらが自分で解決できたから、まだよかったものの、もしやられていれば、影野だけでなく、尾野《おの》さん、その家族にも被害が及んでいた可能性がある」

吉家が口にした尾野というのは、美雪のことだ。

「警察官は単独で行動しているわけではない。チームで犯罪、犯罪組織に対応している。一人の人間が勝手な真似をすれば、他の者を危険に晒すことになる。そのことは授業で教えていたはずだが、実感できていなければ意味がない。それだけ、おまえは犯罪を甘く見て、命を軽んじていたということを肝に銘じてもらいたい」

吉家は淡々と、しかし強い口調で楢山を戒めた。

楢山は、吉家の言うことがもっとも過ぎて、ぐうの音も出ず、うつむいた。

吉家が竜司に目を向ける。

「影野、おまえも楢山と同じだ。楢山を止めようとして殴り合いを挑むとは言語道断。おまえが楢山を発見した時、すぐ我々に伝えておけば、入院することもなかった。おまえらのために、どれほどの人間と公費が動いたと思う？　その時間と公費があれば、一つの事案くらい解決できたかもしれん。おまえが犯罪者に向かっているならまだしも、楢山は犯罪者ではない。しかも、身内の話だ。だから、捜索には警察学校の教官と学生しか動員しなかった。おまえなら、その意図は十分汲み取れると思っていたが、残念だ」

そう言われ、竜司もまた押し黙ってうつむいた。

「おまえらの処分も決定したので、伝えておく。楢山、影野、共に――」

吉家が二人の名前を出す。

楢山は竜司まで退学になるものと思った。自分のせいで、竜司まで学校を辞めさせられることになり、申し訳ない気持ちが込み上げてきて、思わず掛け布団を握りしめる。

「おまえら二人は、卒業まで休暇なし。土日は警備係を務めること」

吉家の言葉に、二人は同時に顔を上げた。

「卒業って……。退学じゃないんですか？」

楢山が目を丸くして訊いた。

「本来なら、即退学だ。しかし、おまえらが聖神グループを潰したことで、同盛会の捜索にも着手できた。四課からは文句と感謝が同時に来ている」

「俺も退学にはならんのですか」

竜司が訊く。

「おまえは楢山を止めただけなので、そもそも退学対象にはなっていない。しかし、すぐに連絡しなかったのは命令違反だ。その分の処罰が休暇なしの警備だ。同様の処分を宇田桐にも下した」

吉家は二人を睨み、話を続けた。

「それにな。おまえらみたいなのを退学させて野放しにする方が、社会にとって迷惑だ。俺の下で徹底的に鍛えてやる」

そう言い、吉家が少しだけ笑みを覗かせる。

楢山と竜司は大きく目を見開いた。入学してこれまで、吉家の笑顔など、ただの一度も見たことがなかった。

「以上だ。ケガが治ったら、大量の始末書を書いてもらうことになる。束の間の休息を大事にしろ」

吉家は立ち上がり、病室を出ようとした。が、立ち止まって、楢山を見やった。

「あー、楢山。言っておくが、今後、何度逃げ出そうと、どのような問題を起こそうと、おまえは辞めさせない。影野と宇田桐もだ。この私が、おまえらをまともな社会人として生きる術を叩き込む。覚悟しておけ」

吉家は言い残し、病室を出た。

ドアが閉まったとたん、楢山と竜司は大きく息をついた。

「まいったな。俺は退学とばかり思っていたんだが」

「よかったじゃないか」

「よくねえよ。路頭に迷うよりひどい地獄が待ってる」

楢山が渋い表情を覗かせた。

「おまえにも迷惑かけちまったな。卒業まで休みなしじゃあ、美雪ちゃんにも会えねえ」

「それは気にしないでくれ。今は、卒業して警察官になることが目標だ。それができなければ、先もない。美雪もわかってくれる」

竜司が言う。

「おっ、いつから名前を呼び捨てにする仲になったんだ？」

楢山がにやりとした。

竜司ははたと気づき、めずらしく顔を真っ赤にした。

「どうでもいいだろう」

「いや、よくねえ。時間はたっぷりあるんで、いろいろ訊かせてもらうぞ」

「いい加減にしろ。怒るぞ」

「おお、怒れ怒れ。また殴り合いをすれば、入院が長引いて、学校へ戻らずに済むからよ」

楢山がからかう。

竜司は起き上がろうとして、顔をしかめた。

楢山は竜司の狼狽ぶりを見ながら、久しぶりに腹の底からすっきりするほど笑った。

## 10

「へえ。そんな竜司さんの顔は見たことがないなあ」

紗由美が少し淋しそうな笑みを覗かせる。

「お茶、飲む？」

節子は湯飲みを取って、ポットに入れた作り置きのさんぴん茶を注いだ。

「どうぞ」

差し出して、微笑む。

「ありがとう」

紗由美も笑みを返した。さりげない気づかいに胸の奥が温かくなる。

「竜司は化け物みたいに言われることも多いけどな。出会った頃は、ただのクソ真面目な世間知らずのガキだったんだよ。裏表がないから、付き合いやすかった。シャレは利かないヤツだったがな」

楢山は笑って、茶を啜った。

「でも、よく辞めさせられなかったですね」

真昌は気がつけば、籠の中にあったサーターアンダギーを全部平らげていた。

「それは、本当にな。俺も驚いた」

「相当、鍛えられたんでしょうね」

節子が微笑む。

「鍛えられたなんてものじゃなかったですよ。逮捕術の訓練はすべて教官たちと。座学は前回より一点でも悪ければ補習があって、その後、グラウンドを走らされて。土日の警備番の時も、道徳講習とやらで、竜司と宇田桐と交替で、二時間みっちり説教されて。射撃訓練なんて特殊部隊かってくらい、手が腫れ上がるほどやらされましたしね」

「逃げようと思わなかったの？」

紗由美が楢山の顔を覗き見る。

「思ったよ。でも、俺たち三人は他の学生たちと部屋を別にされて、ドアの前には常に教官が張りついていた。逃げ出そうものなら、そこで即確保だ」

苦笑する。

「そんなの聞いたこともないですよ」

真昌が目を丸くした。

「俺が出た警察学校でも、後にも先にもそこまでの管理をされたのは、俺らぐらいだ」

「でも、それだけ、あなたたちは期待されていたということね」

節子が目を細める。

「どうでしょうかね。本当に、あのまま世の中に出しちゃいけねえと思っていたのかもしれませんよ」

楢山はがははと笑いながら、竜司と拳を交えた時の感覚を思い出し、手を軽く握った。

# 第五章　研修事変

## 1

その日も楢山は夜遅くまで道徳教練という名の説教を、各教官から二時間みっちりとされた。

寮の自室に戻ってきたのは、午後十一時を回った頃だった。ここからまた、日報を書かなければならない。

竜司と宇田桐も部屋に戻っていたが、互いをねぎらう言葉も出ないほど疲弊していた。

「楢山、今日は何を言われたんだ？」

宇田桐が訊いた。

「社会人は挨拶ができなきゃならん、と言われて、挨拶の練習を二時間だ」

楢山はため息をついた。

「俺は敬語の使い方がなってないってんで、ひたすら、敬語で会話させられたよ。影野は？」

宇田桐が竜司を見やる。

「我慢の教練。教官から罵声を浴びせられて、ちょこちょこ突かれても笑っているように言われて、道場でずっとそれだった」

深く息を吐く。

「みんな、すまんな」

楢山が詫びた。

「いい教練になっているからかまわん」

竜司が言う。

「もうすぐ研修だから、久しぶりに郊外に出られるしな。それが終われば、卒業も間近だ」

宇田桐が笑う。

と、ドアがノックされた。三人はベッドを降り、直立した。

ドアが開く。吉家が入ってきた。

「楢山、影野、宇田桐の三名、本日、警備を命ずる」

「えっ！　俺ら、土日だけじゃないんですか？」

宇田桐がつい問い返す。

「抗弁無用！」

吉家の声が響く。三人は改めて直立した。

「制服に着替え、十分後、玄関へ集合！」

「承知しました！」

三人は敬礼をした。

吉家が出て行き、ドアが閉まる。

宇田桐が大きなため息をついた。

「なんだよ、平日も警備があるのかよ。寝る時間ないじゃないか」

愚痴る宇田桐に竜司が言った。

「仕方ない。時間がないぞ。急ごう」

竜司はロッカーを開け、一足先に着替え始めた。

「すまんな、宇田桐」

楢山も頭を下げる。

「楢山のせいじゃない。鬼教官のせいだ」

宇田桐も自分のロッカーを開ける。楢山もロッカーを開け、着替え始めた。

警備係を務める時は、制服を着て、腕章をする。主に校内や学校周辺を見回る。

着替えを終えた三人は、小走りで玄関へ向かった。

吉家が腕時計を見ながら、待っていた。三人は吉家の前に並び、竜司の合図で敬礼をした。

吉家は警備係の腕章を一人ずつ手渡した。それぞれ、左上腕に腕章を巻き、安全ピンで留めた。

「これより、校内および学校の外壁周りの見回りをする。影野、今何時だ？」

訊かれ、腕時計を見る。

「二十三時三十五分であります」

「他の者、時刻は間違っていないか？」

言われ、宇田桐と楢山が腕時計を見た。

「間違いありません！」

二人が同時に答えた。

「午前二時に終了し、帰寮するように。以上」

吉家は教官の当直室へ戻っていった。

吉家の姿が見えなくなり、三人は緊張を解いて深呼吸をした。

「二時だと、日報と警備報告書いたら四時過ぎるな……」

宇田桐がうなだれる。

「それでも、朝まで当直よりましだ。指示には従おう。楢山は寮内の見回り、宇田桐は校内、俺は校庭を見回る。各人、自分の領域の見回りが終わったら、三人で学校周辺を見て回る。それでいいか？」

竜司の指示に、宇田桐と楢山が首肯する。

「では、午前一時に各持ち場の見回りを済ませて、校庭に集合」

竜司は言い、さっそく動き始めた。

楢山と宇田桐もそれぞれの持ち場に散った。

## 2

「ああ、うちもありますね、警備係。あれは面倒くさいです」

真昌が渋い顔をする。

「そんなのがあるんだ」

紗由美は興味深そうに真昌を見た。

「そうなんですよ。民間の警備員みたいに夜間警備をするだけなんですけど、そのまま朝までやらされることも多くて、翌日は寝不足で死にそうになります」

真昌はちんすこうを少しかじった。

「実際、現場に出れば、昼夜関係なく、交替で警備しなければならない場面もあるからな。その訓練だ。とはいえ、俺も初任科生の頃はその意味がわからなくて、単なるいじめだと思ってたよ」

楢山は笑った。

「警備って、ヘルメット被って、盾を構えて、グラウンドを走る訓練じゃないの？　涼太はそう言っていたけれど」

節子が楢山を見る。

「それは警備実施訓練ですね。デモ隊や群衆暴動時の治安維持の警備です」

「昼間の警備訓練に比べれば、夜間警備は楽なんだけど、とにかく次の日がつらい」

真昌が言う。

「そうだな。でも、派出所の三交代、四交代勤務を経験すると、あの夜間警備の経験が生きていることが体感できる」

楢山は自分の体験を振り返り、深くうなずいた。

「でもさあ。問題児三人が集まってんだから、何もなかったわけじゃないでしょ？」

紗由美は意地悪な笑みを見せ、さんぴん茶を啜った。

「いや、おばちゃん。夜間警備の時は、どこかで教官が見てたりもするから、悪さはできないよ。ねえ、楢さん」

真昌が楢山を見る。

と、楢山は苦笑した。

「それがなあ……」

頭を掻いて、話を続けた。

## 3

楢山は、午前一時を待たずに持ち場の見回りを終えた。

校庭に出ると、宇田桐が所在なげにふらふらしていた。

「よお、おまえも終わったのか？」

声をかける。宇田桐が楢山に向いた。

「ああ。校内を二周もしちまったよ」

「俺も寮内を二周した。影野は？」

「まだ、時間があるからと校庭を回ってる。自分が来るまで待ってろとのお達しだ」

「そうか。退屈だなあ」

楢山は校庭のど真ん中で大あくびをした。

と、宇田桐が左上腕を見つめていた。

「なあ、楢山。この腕章取ったら、俺たち、もろ警官に見えるよなあ」

「そりゃそうだろ。制服は本物だからな」

「ちょっと試してみるか？」

「何をだ」

楢山が宇田桐を睨む。

「腕章外して、そこらを走ってる車、停めてみようぜ」

宇田桐がにやりとする。

「おまえ、そりゃまずいぞ」

楢山は困り顔で眉尻を下げた。

「ちょっと見回りついでに試してみるだけだ。懐中電灯振って、本当に止まるのかどうか。興味ないか？」

「興味はあるけどよ……。止めて、何を訊くんだよ」

「警戒警備をしていますと言えばいいだろう。で、ちらっと覗いて、ご協力ありがとうございましたと言って送り出せば、問題ない。行ってみようぜ」

宇田桐が校門へ向かう。

楢山は仕方なく、宇田桐を追った。

警察学校の前は幹線道路へ抜ける道になっていて、夜間でも時々車が通る。

宇田桐は校門を出てすぐ、腕章を外して、ポケットに入れていた。

確かに、宇田桐の言うとおり、腕章がなければ、普通の警察官と見た目は変わらない。拳銃を携帯していないくらいのものだ。

「楢山」

宇田桐が左上腕を指さす。

楢山は顔を横に振った。壁にもたれかかり、腕組みをして、宇田桐を見ている。

宇田桐はつまらないといったふうに口をへの字に曲げ、楢山から少し離れた。そして、餌食にする車を物色している。

楢山も悪ふざけはしてみたかった。

警察学校に入校して数カ月。実際、自分たちがどの程度警察官として成長していて、周りからどう見えるのか、確認してみたかった。

ただ、規律を破れば、また二人に迷惑をかけてしまう。それを思うと、宇田桐の悪ふざけに乗り切れない。

こうして見ていて、トラブルが起こった時に助け舟を出せばいいか。そう思って、宇田桐を見つめていた。

宇田桐が懐中電灯を上げて、振った。前から明るめの金茶のフェアレディZが近づいてきていた。

車は速度を落とした。宇田桐が左端に誘導する。車は宇田桐の指示に従って、端に寄って止まった。

「おー、すごいな」

檜山は宇田桐の誘導と車の様子を見て、感心したように声を漏らした。

一方で、まだ初任科生であるにもかかわらず、腕章を外しただけで一般人は警察官と信じて疑わない目の前の状況を見て、その責任の重さを少し実感した。

宇田桐は運転手に話しかけていた。初めのうちはどうということのないやり取りに見えたが、何やら宇田桐の様子がおかしい。

あわてているような、困っているような。

「まずいな」

檜山は腕章を外し、ズボンのポケットに入れた。

車に近づいていく。宇田桐は上体を起こした。近づいてくる檜山を見て、顔を横に振る。

かなりまずい状況のようだった。

檜山は車に駆け寄った。

「どうしましたか?」

笑顔を見せつつ、運転手を見やる。運転手はサングラスをかけていて、パンチパーマの痩せた男だった。

因縁でもつけられているのかと思い、宇田桐の横に立つ。

「いい車ですねえ」

楢山は笑顔で話しかける。

職務質問の模擬演習を思い出す。笑顔で話しかけ、決して高圧的に出ず、根気よく対話を続けて、相手から情報を引き出す。

今、目の前にいる男のような人相の悪い者を見ると、つい怒鳴りそうになるが、楢山は努めて笑顔を作った。

すると、男が言った。

「そりゃそうだろ。特注車だからな」

ぞんざいな物言いにカチンと来て、少し身を乗り出そうとする。

と、宇田桐が袖を握った。振り向くと、宇田桐は顔を大きく横に振った。

「何、ビビってんだ。任せとけ」

楢山は宇田桐の手を振り払って、男に顔を戻す。

「特注ということは、改造車ということですかね？」

「そういうことになるな」

「ちょっと見せていただいてもよろしいですか？」

楢山は笑顔のまま、声をかける。

「かまわんが、一つ訊かせてもらってもいいか？」

「なんでしょう？」

「おまえ、どこの所属だ？」

「あ？」

檜山の目尻がぴくぴくと疼《うず》く。

そこに、竜司も駆け寄ってきた。

「どうしたんだ？」

「こいつが改造車を乗り回してるから、職質かけてるところだ」

「改造車？」

竜司が運転席を覗き見る。無線が見えた。無線周りのスイッチの独特な配置もどこかで見た覚えがある。

竜司が考えていると、檜山が言った。

「免許証を見せていただけますか」

「檜山！」

宇田桐が止めようとする。

が、檜山は笑顔で男を睨んだままだ。

男は胸元から黒い手帳を出した。ページを広げ、檜山の顔の前に突き出す。

「警視庁機動捜査隊の五十嵐《いがらし》だ」

楢山は驚いて、まじまじと身分証を見つめた。確かに、同部署所属の五十嵐幸三《こうぞう》警部補だった。

宇田桐は顔をしかめた。

「貴様らの所属は！」

五十嵐が声を張る。

楢山と宇田桐、竜司が横一列に並んで、敬礼をした。

「警察学校初任科であります！」

竜司が答える。五十嵐は竜司の腕章を見ると、楢山と宇田桐をサングラスの下から睨んだ。

「貴様と貴様、腕章は！」

言われ、二人はあたふたとポケットから腕章を出し、左上腕に付けた。

「誰に、取り締まりをしろと命じられたんだ？」

楢山と宇田桐を睨む。

「私が――」

竜司が助け舟を出そうとした。

「貴様には訊いとらん！　デカいの、答えろ！」

「指示は受けておりません！」

「ではなぜ、取り締まりなどしていた！」

「すみません！　実際に車両が停まるのか、試していました！」

楢山が答える。宇田桐が口を開いた。

「提案したのは自分であります！　楢山は私を止めようとしただけでありまして、その──」

「問答無用！　貴様らの連帯責任だ！　見習いの分際で勝手に取り締まりをしていいわけがなかろう！　しかるべき処分が下るものと思っておけ！」

五十嵐は一喝し、車を走らせ、警察学校の駐車場へ入っていった。

三人はガクッと肩を落とした。

「おまえら、何をしてたんだ」

竜司が二人を睨んだ。

宇田桐がうなだれて、口を開く。

「すまない。俺が、腕章外して車を停めたら、本当に停まるかやってみようと言ったんだ。楢山は乗ってこなかったんだが、俺が調子に乗って遊んじまってな。で、停めたのが、よりにもよって、覆面だったというわけ」

「教えてくれりゃ、よかったのによ」

檜山が言う。

「何度も顔を振っただろ」

「そりゃ、おまえがえらいのに絡まれて困ってるんじゃねえかと思ってよ。困り顔だったし」

「そりゃあ、困り顔にもなる。センターパネル見た瞬間、覆面とわかったからな」

宇田桐はますます背を丸めてうつむいた。

竜司は深いため息をついた。

「すまん。おまえらに迷惑かけちまった」

宇田桐が詫びる。

檜山は竜司を見やった。当然、激怒しているだろうと思ったが、意外にも穏やかな表情をしていた。

「いいよ、気にするな。俺が時間にこだわったせいでもある。とにかく、学校の周りの見回りだけはやっておこう」

竜司は言い、歩きだした。

「影野、怒ってないのか？」

宇田桐が竜司の背を見つめ、つぶやく。

「さあな。とりあえず、見回りを済ませよう」

楢山は宇田桐の背中を叩き、散った。

## 4

真昌は大笑いしていた。

「信じらんねえ！　警備中に腕章外すのもそうですけど、止めたのが覆面だなんて！」

笑いすぎて、むせた。節子がさんぴん茶を差し出す。

真昌は茶を飲んだが、スッとした酸味が喉にひっかかり、さらに激しく咳き込んだ。

「もう、笑いすぎ！」

紗由美は真昌の背中をさすった。

真昌は二度、三度と深呼吸をして、ようやく息を整えた。

「でも、なんで覆面がわからなかったんですか」

楢山を見やる。

「俺らの頃、初めてフェアレディＺが覆面パトカーに導入されたんだ。現物は見たことなかったしな。交通警察隊か交通機動隊にしか配備されていないって噂も聞いてたな。まさか、目の前に実車が現れるとは思いもしていなかった」

楢山は苦笑した。

「ただじゃすまなかったでしょう？」

紗由美が訊く。

「そりゃそうだよ。普通は即退学ものです」

真昌が言う。

「けど、檜山さんは警察官になったものねえ。退学にはならなかったということよね？」

節子が檜山に目を向けた。

「そうなんですよ。俺もさすがにこの時は追い出されると思ったんですけどね。説教されて、始末書は山ほど書かされましたが、退学にはならなかったんです」

「なんでですか？」

真昌が訊いた。

檜山は真昌を見やった。

「それがなあ。警察官になってしばらくして聞いたんだが、校長が俺たちを退学にさせなかったそうだ」

「期待されてたってこと？」

紗由美が意地悪な笑みを浮かべる。

「そんなカッコいい理由じゃない。校長はその年に退官して、翌年からは私立大学の教授に就任する予定だったんだ。だから、できるだけ脱落者を出したくなかったし、トラブルもなるべく内々に収めたかったんだと」

「えー！　校長先生の私的理由！」

紗由美が目を丸くした。

「そんな大事な年度に、楢さんたちが入ってきたなんて、アンラッキーもいいとこですね」

真昌がにやりとする。

楢山は真昌を軽く小突いた。真昌が首を竦めて頭を押さえる。

「まあ、本当かどうかは詳しく突っ込まなかったけどな」

「楢山さんたちにとってはラッキーだったわけね」

節子が目を細める。

「それが、そうでもないんですよ……」

楢山は思い出し、渋い顔を覗かせた。

## 5

校長、主任教官、吉家教官、五十嵐警部補からたっぷりと絞られた楢山たちは、退学は免れたものの、翌日からマンツーマンでしごかれる毎日を迎えることとなった。

連日、朝は午前六時から夜は午後十時まで、座学や逮捕術教練、精神修行と称した座禅もさせられていた。

地獄の日々だったが、逃げ出すこともできない。宇田桐は責任を感じて退学届を出したが、どういうわけか受理されず、辞めることもできなかった。

三人は耐え抜くしかなかった。

楢山たちは部屋に戻っても会話をする気力はなく、日報を書いて寝るだけだった。

その日は宇田桐が一番最後に戻ってきた。午後十一時を回っていた。

「おつかれ。やっと、ひと息つけそうだな」

めずらしく、宇田桐が話しかけてきた。

「なんだよ、ひと息つけるって」

楢山が訊いた。

「明日から、実地研修だろ。俺らは下っ端だから、先輩方についていくだけでいい。ここで絞られるよりは楽だ。外にも出られるし、息抜きになる」

宇田桐はベッドの端に座り、日報を手に取った。

「それは希望的観測かもしれんぞ。激務の部署に行かされたら、実地だけに厳しいだろう」

竜司が言う。

「大丈夫だって。俺らみたいなのを激務の場所に行かせたら、あちらさんも迷惑だろう。閑職に閉じ込めるよ」

宇田桐はベッドであぐらをかいて、日報を書き始めた。

と、ドアがノックされた。

三人はベッドから降り、直立した。

吉家が入ってきた。三人を睨みつける。

「礼！」

竜司の号令で、三人はズボンの縫い目に中指をつけ、腰から三十度、上体を倒した。三秒で同時に起こす。

「おまえらの研修先が決まった」

吉家が口を開く。

「三人とも機動捜査隊の研修を命ずる」

吉家の言葉に、楢山たちは目を見開いた。

「機捜ということは、五十嵐警部補の下での研修ですか？」

宇田桐が訊ねる。

「五十嵐警部補から、ぜひにという申し出があったのでな。三人ともしっかりと鍛えてもらえ。以上！」

吉家が言う。

楢山たちは、敬礼して吉家を見送った。

ドアが閉まる。とたんに、三人ともベッドに座り込んだ。

「あのパンチさんのところで働かされるのか……」

宇田桐がうなだれる。

「だから言ったろう。これまでの流れからみて、俺たちに楽な研修先が用意されるわけもない」

竜司は日報を書き終え、閉じてベッドサイドに置いた。

「まあ、考えようによっては、最前線で勉強できるんだから、悪いことじゃない。早く寝ろよ。もたないぞ」

そう言い、竜司は一足先に横になった。

「前向きなヤツだなあ。だが、決まったものは仕方ねえ。やってやろうぜ」

楢山は日報を書き殴り始めた。

「おまえも前向きだな」

宇田桐が言う。

「俺は開き直っただけだ。さっさと寝ようぜ」

楢山は乱暴に書いた日報をベッドの端に放り、仰向けになった。

「俺も開き直りてえなあ」

宇田桐はぶつぶつ言いながら、日報を書き進めた。

## 6

翌朝、初任科生たちは、振り分けられた研修先に出かけた。

研修は二、三人の生徒たちが同じ研修先に派遣され、そこでいろいろと学ぶことになっている。

交番勤務を経験する者もいれば、鑑識作業を手伝う者もいる。刑事部で聞き込みなどを体験する者もいれば、通信指令室の業務を学ぶ者もいる。

多くの場合、二つ三つの現場を経験するのだが、楢山たち三人は、みっちり機動捜査隊で鍛えられることになった。

制服に着替えた楢山たちは、警視庁本庁舎までは迎えに来たパトカーで運ばれた。

本庁舎に到着すると、駐車場で五十嵐が待っていた。ジーンズにワイシャツを突っ込み、サングラスをかけている姿は、相変わらず警察官には見えない。

パトカーを降りた三人は横に並び、敬礼をした。竜司が代表して口を開いた。

「初任科、影野、宇田桐、楢山三名、本日より機動捜査隊で研修することになりました。

よろしくお願いします！」

「よろしくお願いします！」

三人が揃って、上体を四十五度に曲げた。三秒で体を起こす。

「今日から一週間、貴様らをびしびしと鍛えてやるから、覚悟しろ」

五十嵐が右手を上げる。

すると、五十嵐の後ろにスカイラインが走ってきて停まった。運転している男は角刈りで目つきの鋭い若い男だった。

「さっそく、研修だ。後ろに乗れ」

五十嵐は言い、助手席に回る。

何が始まるのかわからないまま、三人は後部座席に乗り込んだ。

楢山は運転席の後ろに座った。ダッシュボード周りを覗き見る。

一般車にはないものが装備されている。無線機はもちろん、最も特徴的なのは、警光灯用のスイッチパネルだ。天井部に取り付けられた赤色灯を半回転させて表に出したり、警光灯を回転させたりするものだった。

また、運転席と助手席のドア側面には、警棒を格納する部位も設置されている。助手席の下には、消火器もあった。

「どこに行くんですか？」

真ん中に座っていた宇田桐が、恐る恐る助手席の五十嵐に訊いた。

「どこにも行かない」

「どういうことでしょう？」

宇田桐が訊ねる。竜司と楢山も五十嵐の方に顔を向けていた。

「機動捜査隊ってのは、二十四時間、常に街中を流している。で、無線連絡が入れば、ただちに現場へ急行する。それが仕事だ」

「このまま、何時間も走っているだけということですか？」

宇田桐は真ん中で狭そうに肩をすぼめ、もぞもぞしていた。後部座席には三人乗れるが、大柄の楢山が一人いるだけで狭くなる。

「何もなけりゃな。貴様ら、ごたごた言ってねえで、左右、後ろを見て、怪しいのがいねえか、よく見てろ。ドライブしてんじゃねえぞ！」

怒鳴り声が車内に響く。

三人はあわてて外に目を向けた。車は皇居沿いに北上したのち、白山《はくさん》通りを流していた。

警らパトロールでは、通りにいる人や走っている車などを見て、怪しいと感じたら職務質問をする。

何もなければ、それでよし。何かあれば、犯罪者を早期に逮捕でき、犯罪の拡大を阻止することになる。

機動捜査隊は連絡が来れば現場へ駆けつけるが、街を流している時は通常の警ら活動を行なう。

楢山は通りや車に目を向けていた。神田川を渡ったあと、車は小道に入っていた。特に、怪しいところはなさそうに見えるが、何かあるのではないかと思いながら見ていると、あれもこれも怪しく映ってくる。

学校では、警らパトロール中、怪しいと感じたら必ず声をかけて確認することと教わっているが、いきなり犯罪者でもない者に疑いを持って話しかけるのは、想像以上に勇気がいる。

と、左側の外を見ていた竜司が五十嵐に声をかけた。

「すみません、五十嵐さん。さっき、路上駐車していた車なんですが」

言うと、五十嵐は運転手を見て、指先を左に振った。運転手は左に寄せて、車を停めた。

「どうした？」

五十嵐は訊きながらバックミラーを覗いている。

「宇田桐、頭を下げろ」

そう言われ、宇田桐はあわてて前屈みになって縮こまった。

「モスグリーンのトヨタカローラか？」

バックミラーを見ながら言う。

「そうです。リアのナンバープレートが曲がっていたように見えたんですが」

竜司が言う。

「曲がっていたとして、何を疑う？」

五十嵐が問う。

「整備不良、違法改造、もしくは盗難車の疑いがあるかと」

竜司が答えると、五十嵐は無線機を取った。

「こちら、機捜25。１２３どうぞ」

五十嵐が無線で交信を始めた。

１２３とは照会センターを表わすコードだ。職務質問をした相手の身分証で犯歴を調べたり、車のナンバーから車種や持ち主を割り出したりする専門部署だった。

――１２３です。

「C号照会されたし。品川５、て、手紙のて、５０――。車種はトヨタカローラ、色モスグリーン。どうぞ」

五十嵐が伝える。C号とは盗品全般の照会を求める隠語だ。

少し間があって、返事が戻ってきた。

――当該車両、ナンバーと一致せず。ナンバープレートの盗難届あり。

「了解。これより職質にあたる。応援を頼む――」

五十嵐は住所を伝えて通信を切ると、助手席から飛び出した。運転をしていた若い刑事も外に出る。

「おまえらはここで待機してろ」

若い刑事が命ずる。

楢山たちは後ろを向いて、リアガラスの先を見ていた。

五十嵐と若い刑事は、車の周りをうろつき、ナンバープレートだけでなく、タイヤやドア、車の中も見て回った。

車には誰も乗っていない。しゃがんでナンバープレートを確認し、何やら話し合っている。

と、竜司が歩道の奥に目を向けていた。

「どうした？」

楢山が気づいて訊く。

「あいつら、おかしくないか？」

竜司が目で街路樹の奥を指す。

楢山と宇田桐は、視線の先に目を向けた。

男が二人立っていた。一人はラッパズボンに開襟シャツ、もう一人は青いスーツを着ている。

二人ともパンチパーマで、薄いサングラスをかけている。

駅や会社へ向かう人たちが行き交っている中、二人はじっと立ち止まったままちらちらと五十嵐たちが車を調べている様子を見ては、なにやら話していた。

「職質かけるか？」

楢山が言う。

「五十嵐さんたちに知らせて、指示を仰ぐ方がいい」

竜司が言った。

「俺たちは制服を着てるんだぞ。のこのこ近づけば、五十嵐さんたちが刑事だってバレちまうだろう。その隙に逃げられちゃ、元も子もねえ」

楢山が返す。と、宇田桐が口を開いた。

「楢山の言うことももっともだ。手分けして、やつらを逃げられないようにしてしまおう」

「どうするんだ？」

竜司が訊く。

「右側からこっそり降りて、車の陰に隠れて移動。一人がやつらの背後に回り込んで待機。もう一人は正面から近づいて、彼らに職質をかける。同時に、もう一人は五十嵐さんたちの下に走って、報告。これでどうだ？」

宇田桐がニヤッとする。

「連中の背後には、俺が回る」

楢山が言う。

「じゃあ、俺は職質をかけよう。影野、おまえは状況を見て、五十嵐さんの下に走ってくれ」

宇田桐が段取りを決めた。

「ちょっと待て。先に知らせた方が――」

竜司が止めようとする。が、楢山はすでに降りていた。車の前方に走っていく。

「ほら、もう始まった。五十嵐さんの方、頼んだぞ」

宇田桐も出て行く。

竜司は車窓越しに男たちと楢山たちの動きを見つめる。

楢山が男たちの背後に回り込んだ。それを確認し、宇田桐が歩道に姿を現わし、ゆっくりと男たちに近づいていく。

竜司は車内を見回した。懐中電灯がある。それを取って、右側のドアから降りた。懐中電灯を下に向け、スイッチを入れて点灯し、その光を五十嵐の足下の影に延ばしていく。

五十嵐が気づき、竜司に顔を向けた。竜司は歩道の方を指さした。

五十嵐は、楢山と宇田桐の動きを認めた。しかし、すぐ顔を逸らして素知らぬふりをし、若い刑事に声をかけ、二人で覆面パトカーに戻ってきた。

「おまえも行ってこい」

五十嵐は竜司を見ずに命じると、若い刑事と共に車に乗り込んだ。

竜司は身を低くして、覆面パトカーの前方に走り、歩道に立った。徒歩でパトロールしている警察官を装う。

五十嵐たちの車が現場から離れた。

宇田桐を見る。何かを話しかけているが、男たちは宇田桐を睨みつけていた。

竜司は笑顔を作り、足早に宇田桐の下へ近づいた。

「ご苦労さんです。どうしました？」

声をかけ、男たちに顔を向ける。

「どうもこうもねえだろ！　俺ら立ってるだけなのに、なんで職質されなきゃならねえんだ、こら！」

開襟シャツの男が怒鳴る。

「すみません。ちょっと気になったもので声をかけさせてもらった次第です」

宇田桐は笑顔で対応していた。

「何もなければ、すぐ終わりますので、ご協力願えませんか」

竜司は男たちの右手に回った。

右側には繁華街へ抜ける道があり、駅へと通じている。人ごみに紛れさせると厄介なので、そちらへ逃げる道をさりげなく塞いだ。

「ちょっとポケットの中を確認させてもらえませんか。すぐ終わりますので」

宇田桐が言う。

「断わる！」

スーツの男が言った。

「少し持ち物を確かめさせていただくだけです。断わる理由でもあるんですか？」

竜司は迫った。

「任意だろ？　従う理由はない」

スーツの男が返した。素人ではなさそうだ。

「もういいだろうが！」

開襟シャツの男が繁華街の方へ足を向ける。

竜司はさっと前に立った。

「すみません、お兄さん。ちょっとだけご協力願えませんか」

「うるせえ！」

睨みつけるが、決してポケットに入れた手を出そうとはしない。職務質問にも慣れた様子がうかがえる。

「そちらに何か持ってます？」

竜司はズボンのポケットを見やる。

「関係ねえだろうが！」

開襟シャツの男は竜司に詰め寄ろうとした。ぶつかれば、公務執行妨害でねじ伏せるつもりだった。

しかし、スーツの男が右腕を伸ばし、開襟シャツの男の胸元を腕で押さえた。

「おまわりさん。俺たちは何もしていません。任意に応じる義務もない。警察は、何もしていない一般市民を犯罪者に仕立て上げるつもりですか？」

強気に出てくる。

宇田桐は少々困った顔を覗かせた。

スーツ男は宇田桐の全身を見て、にやりとした。装備を確認したようだ。研修生は拳銃の携帯を許されていない。急な出動だったため、警棒も持っていない。下っ端だと認識したようだった。

宇田桐に顔を向け、さらに迫る。

「協力して何もなかった時に、あなた方はどう責任を取ってくれるんですか？　あなたたちにこうして話しかけられているだけで、周りの人たちが俺たちを怪しい目で見ているじゃないですか。どうしてくれるんですか？　名誉棄損で訴えさせてもらいますよ」

「いやいや、お兄さんたちの名誉を傷つけるつもりは――」

宇田桐が押されかけた時、竜司が突然、切り出した。

「あちらの車は、お兄さんたちのですか？」

モスグリーンのカローラを見やる。

スーツ男の言葉が止まった。開襟シャツの男が右手をギュッと握りしめ、ポケットが盛り上がった。

「いえ、俺たちのものではありません」

スーツ男が努めて静かに答えた。

開襟シャツの男は動揺し、スーツ男と車を交互に見ている。

「本当にお兄さん方のものではないんですね？」

竜司が反対に迫る。

スーツ男はやや間があって、違うと答え、探りを入れてきた。

「何かあったんですか？」

「あの車、盗難車の可能性がありまして。それで、このあたりにいた人たちに声をかけさせてもらっているんです」

竜司が笑顔で話す。

「そうですか。それはそれは」

スーツ男は関係ないといった顔を見せつつ、返した。

「あの車に乗っていた人がどのような人だったか、見ていませんか？」

「見てないですね」

スーツ男が答えた。

「そうですか」

「ちなみに、あの車はどうなるんですか？」

「持ち主がわからなければ、車を警察署に牽引して、徹底的に調べることになります。あ、いや、お兄さんたちには関係のない話でしたね。失礼しました」

竜司は笑顔で会釈をし、二人の前から立ち去った。他に立っている人を見つけ、近づいていく。

宇田桐も頭を下げ、竜司を追った。

「おい、あいつら逃がしていいのか？」

「逃がさないぞ」

竜司は檜山をちらりと見やった。目で男たちを指す。檜山はうなずいた。

男たちは竜司と宇田桐の動きを確認すると、車に背を向け、繁華街の方へ歩き始めた。

檜山は少し間を置いて街路樹の陰から出て、男たちを追おうとした。

と、後ろから肩を握られた。振り返る。

五十嵐だった。ジャケットを着て、サングラスも眼鏡に変わっていた。若い刑事もいる。彼もまた、ジーンズにジャンパーといったラフなスタイルに着替えている。

「ここからは俺たちに任せろ。おまえらは、車を見張っていろ」

そう言い、若い刑事と共に男たちを尾行し始めた。

五十嵐と若い刑事はたちまち周りの風景に溶け込んだ。楢山たちに見せる荒々しい気配はまったく消えている。

すごいな……。

プロの仕事を見せられた気がした。

楢山が竜司と宇田桐の下に駆け戻る。

「さっきのは五十嵐さんたちか？」

宇田桐が訊いた。

楢山はうなずいて、言った。

「車を見張ってろという指示だ」

命令を伝えると、竜司が口を開いた。

「車が持っていかれないように見張っていろということだな？」

「そうだと思うが」

「ということは、誰かが車を引き取りに来るかもしれないと睨んでいるのかもしれん。目立たない方がいいな」

竜司は言い、周りを見た。

「俺は対象車の後部の先にあるビルの陰で見張る。宇田桐はここから少し離れた街路樹の陰。楢山は駅へ向かう路地のあたりで見張っていてくれ。何者かが現われたら、俺と宇田桐が前後から車を挟む。楢山は近くの交番に駆け込んで、応援を要請してくれ」

竜司の指示に、宇田桐と楢山は首肯して、それぞれの持ち場に散った。

## 7

「研修初日から、それはきついですねー」

真昌が大きく息をつく。

「いや、ほんと。まいったよ」

楢山は思い出しながら笑う。

「その五十嵐さんって人が三人を鍛えるということで、話が付いていたのね」

紗由美が意地悪な笑みを覗かせる。

「そういうことだ。機捜の研修は、研修期間中に半日くらい行かされることはあるんだけどな。最初からがっつりと機捜で研修させられたのは、後にも先にも俺らだけだ。でも、この研修はいい経験になったよ。五十嵐さんには、警察の実務を叩き込まれた。まあ、五十嵐さんに教わらなくても、機捜と一緒に動き回ってりゃ、行き先は大変な現場しかないんだけどな」

楢山は笑って、お茶を飲んだ。

「初日はそれで終わったの？」

節子が訊いた。

「見張っている間に応援が来て、それで交代して終わり、となるはずだったんですがね」

楢山は節子を見て、苦笑した。

## 8

楢山が路地付近で張っていると、目の前をスーツ姿の小柄な男が通り過ぎた。

朝方なので、通勤通学する人々が右に左にと行き交っている。その男も、一見会社員のように思えた。

が、楢山は何か気になり、その小柄な男に監視の目を向けた。

男は通勤するふうを装いながらも、路地から歩道までの間を行ったり来たりしていた。

気になったのは、その男が何度も目の前を通っていたからだ。

男は檜山の前を過ぎると、タバコ屋の前に行き、公衆電話の受話器を取った。ちらちらと周りを見ながら、電話をかけている。

現場から去った男たちの仲間のように思える。

檜山はどう動けばいいか、判断に迷った。

男に職質をかけていいものか。もしくは、泳がせて他の者が現れるのを待った方がいいのか。はたまた、交番へ行き、事情を知らせて、いち早く応援を要請するのが正解なのか。

迷っている間に、男は電話を終え、駅の方へ去っていった。

車の方に目を向ける。特に、変わった様子はない。

気の回しすぎか……。

檜山は小さく息を吐いた。

普段の自分であれば、こうしようと思うと同時に体が動いている。

しかし、現場に出て、実際の事件を前にすると、迷いと躊躇が湧いてくる。

失敗できない。犯人を取り逃がすことはできない。

そう思って気が張るほどに、体も思考もガチガチに固まる。

檜山は現場を実感していた。

今まさに、間近に犯罪の痕跡がある。そして、犯罪者が周辺をうろついている。

犯罪者自体は怖くない。遭遇すれば、叩きのめせばいいだけだ。

が、犯人がもし凶器を持っていて、暴れて、通勤通学している者たちにケガを負わせたら。騒乱の中、犯人に逃げられ、車まで持っていかれたら。

周辺のことを考慮しながらの動き方を考えると、わけがわからなくなってくる。

これまで楢山は、周りのことなど気にも留めず、自身の感情を剝き出しにし、暴れるだけ暴れて物事を解決してきた。

しかし、警察官となれば、そうはいかない。周囲を守りつつ、犯人は確実に制圧しなければならない。

長尾や美雪をかばいながら戦ったことはある。守る者が一人ないし二人であれば問題はない。まして、長尾のような強い者なら、守る必要もない。

だが、警察官は犯罪とは関係のない見知らぬ一般人すべてを守りながら戦わなければならない。

そうした状況での戦い方など、想像したこともなかった。

さらに、警察官という立場を鑑みると、自分から相手に仕掛けるわけにもいかない。先に手を出せば、相手の思うつぼだ。それは犯罪者をみすみす逃がすことにもなりかねない。

どうしたものか……。

考えあぐねていると、突然、怒鳴り声が聞こえた。

声のした方に目を向ける。竜司がいる場所だった。

竜司がビル陰から出てきていた。開襟シャツを着た男二人が竜司を取り囲み、ひたすら怒鳴っている。

竜司は右手のひらを広げ、手を出さずに対処していた。

楢山は竜司の下へ走った。

「どうした？」

男たちを睨みつける。

「ここはいい。戻れ」

竜司が言う。楢山は男たちを睨みつけたままだ。

「なんだ、てめえら！　俺たちを犯罪者みたいな目で見やがって！　ふざけんじゃねえぞ、ポリ公が！」

一人が楢山の胸ぐらをつかんだ。

抑えていた楢山の感情が噴き出す。

「警察に手を出すとは、いい度胸だ」

楢山は男の胸ぐらをつかんだ。拳を握る。

「楢山！」

竜司が声を張った。

「今のは公務執行妨害だろうが。このチンピラどもに思い知らせてやらねえと」

右腕を上げた。

と、車のエンジンがかかる音が聞こえた。そちらを見る。

対象車のエンジンがかかっていた。二人の男が乗っている。

「ちくしょう！　てめえら！」

楢山が男を引き寄せようとした。

男は楢山を突き飛ばした。不意を突かれ、楢山の手が離れる。男たちは反対方向に走って逃げた。

「待て、こら！」

楢山は男たちを追った。

竜司は車へ走った。

タイヤがスキール音を放ち、白煙を上げた。竜司が車体をつかむ前に発進し、猛スピードで加速する。

宇田桐が車の前に躍り出た。

車は宇田桐に突進していった。

宇田桐は飛び上がった。ボンネットに乗り、ピラーの根元をつかむ。

車は宇田桐を乗せたまま、蛇行しながら大通りに消えた。

竜司は駅前に走った。交番に駆け込む。

「盗難車が何者かに盗まれました！　緊急配備を願います！」

竜司は大声で言った。

## 9

宇田桐は振り落とされないよう、必死にしがみついていた。

蛇行するたびに体が大きく揺さぶられ、指がちぎれそうだ。それでも運転席の者を睨みつけ、指に力を込めた。

後部座席にもう一人の男がいる。男は何かをスポーツバッグに詰めていた。

後ろの男が体を起こし、運転していた男の肩を叩く。

男はうなずくと、宇田桐を見据え、にやりとした。

蛇行をやめ直進し、加速する。そのまま交差点に突っ込んでいく。

通勤ラッシュの時間帯。交通量は多い。交差点は直進する車や左折する車、右折待ちの車で密集していた。

盗難車はそのど真ん中に突っ込んでいった。

宇田桐は危険を察知し、広げていた両脚を閉じて引き寄せ、ボンネットに正座する形で丸まった。

車が右折待ちの車のサイドボディーに激突した。

急に車が停まり、宇田桐の体が前方へ投げ出された。宇田桐はぶつかった瞬間、膝でボンネットを蹴り、体を浮かせていた。宙で後方回転する。

体を思いっきり丸め、後頭部を両手でカバーした。

回転した体が尻から落ちた。内臓が飛び出しそうなほどの衝撃が突き上がってくる。

宇田桐の体が後ろに三回転した。停車していた車のリアバンパーにぶつかって止まる。

宇田桐は立ち上がった。体のあちこちが軋んでいる。

盗難車を見た。車は右折待ちの車の横っ腹に食い込んでいた。

しかし、車の中に男二人の姿はなかった。

どこにいるのか探していると、男たちは宇田桐の前に現われた。運転していた男は額から血を流していた。

もう一人の男の手には、スポーツバッグが握られている。

スポーツバッグを持った男は、宇田桐の腹部に爪先を叩き込んだ。不意な蹴りで避けられない。宇田桐は腹を押さえて胃液を吐いた。

「兄貴、警官はまずいですよ」

血を流している男が言う。

「こいつを見てみろ。拳銃も警棒も持ってねえ。たぶん、警察学校の生徒だ」

二度、三度と宇田桐を蹴り、頭を踏みつける。

宇田桐の側頭部が地面に当たる。脳が揺れ、意識が朦朧とした。

「こいつ、さっき後部座席も見てただろ。連れて行って、処分しよう」

「マジっすか！」

運転していた男の顔が引きつった。

「俺らの顔も知られた。そこの車、かっぱらってこい」

宇田桐がぶつかった車に運転していた男が近づいた。

運転席から中年男性を引きずり出す。

スポーツバッグを持った男は宇田桐の襟首をつかんで引きずった。

「てめえら……ただじゃすまねえぞ」

宇田桐が声を絞り出す。

「ポリ公なんざ怖くねえんだよ」

男は宇田桐の顎を蹴り上げた。

宇田桐の意識が飛んだ。

男は気絶した宇田桐を後部座席に押し込み、仲間の男に運転させ、現場から走り去った。

# 10

「そいつら、なんだったんですか！」

真昌が楢山の話に食いつき、身を乗り出した。

「あとでわかったことなんだがな。連中、盗難車に覚せい剤を隠していたんだ。当時の末端価格で三億にもなる量だったんでな。今なら二倍、三倍の値段になる量だろう。それを回収に来たというわけだ」

「なんで、あんたたちって、そういう大事件に遭っちゃうのよ……」

紗由美がため息をつく。

「そりゃ、お天道様にでも聞いてくれ。こっちが知りてえよ」

楢山は苦笑した。

「でも、初任科生とはいえ、警察官を連れて行くなんて、相当ですね」

真昌の顔が少し強ばっている。

「連中も必死だったんだろうよ。デカい取引があったようだからな。億の取引をパーにすりゃあ、自分たちが危ねえからよ」

「宇田桐さんはどうなったの？」

紗由美が訊く。

「俺と竜司が助け出した」

「どうやって？」

「逃げた男たちは捕まえられなかったんだがな。俺が気にしていた小柄な男を捕まえて、吐かせたんだ」

「緊急配備の網に引っ掛からなかったんですか？」

真昌が訊ねる。

「連中もなかなか賢くてな。広域に緊急配備がかけられていることを察して、現場からそう遠くないヤサに隠れていたんだ。それを俺が小柄な男から聞き出してな」

「乗り込んだというわけ？」

紗由美が下からじっと楢山を見つめる。

「まあ、そんなところだ」

「ほんとに、もう……」

紗由美は呆れて笑った。

「あれは初任科生時代の最大の事件だったよ」

楢山は天井を見上げ、当時を思い返した。

# 第六章　目覚めた怪物たち

## 1

宇田桐の行方がわからないまま、楢山と竜司は所轄署のパトカーで警視庁本庁に連れ戻された。

刑事部の部屋へ案内されると、五十嵐が待っていた。

怒鳴りつけられるものと思っていたが、意外にも五十嵐が頭を下げた。

「すまないな。おまえらに現場を任せた俺のミスだ」

深々と腰を折る。

楢山も竜司も、予想外のことに戸惑い、恐縮してうつむいた。

「おまえらの行動に問題はない。停めようとして、車の前に出た宇田桐の行動も、我々も時々することはある。ボンネットに飛び乗ったのは余計だったがな」

五十嵐は言い、言葉を続けた。

「影野。車で逃げた二人組の特徴はわかるか？」

「運転席にいたのは二十代ぐらいの男かと思われます。パンチパーマが伸びたようなアフロまではいかない髪型をした男でした。もう一人は見えませんでした。気づいたのが、車が動きだしてからなので。すみません」

竜司が頭を下げる。

「そうか。とっさでそこまで見えてりゃ、上等だ。楢山、おまえが追って行った二人組は？」

「二人とも、パンチパーマの開襟シャツで、小さめの色付き眼鏡をかけていました。俺に突っかかってきたヤツは、金茶で虎柄の開襟シャツを着て、眉毛を剃ってました。もう一人は赤と青の竜の柄が入った開襟シャツです。どちらも二十代くらい。背格好は竜司と同じくらいです」

楢山が答える。

「どこまで追った？」

「繁華街の路地を入ったところの古着屋と雑貨屋があるところまでです。そこらへんで見失い、周辺を探してみたのですが……」

「わかった。今日は帰寮してよし」

五十嵐に言われ、竜司と楢山は顔を見合わせた。まだ正午を回ったところだ。

「いや、しかしまだ研修が――」

竜司が何かを言おうとすると、五十嵐が右手のひらを上げて止めた。

「今日は寮に戻って、報告を。研修先も改めてもらう」

「俺はここで大丈夫です。いや、むしろ、ここで学びたい」

楢山が言った。

「ありがてえが、迷惑だ。おまえらにまだ初動は早かった。すまねえな、中途半端で。学校には俺が連絡しておくから、次の研修先が決まるまでのんびりしてろ。お疲れさん」

五十嵐はそう言うと、別の刑事と話し始めた。

竜司と楢山は仕方なく一礼し、部屋を出た。エレベーターに乗り込む。

「どうするよ、影野」

楢山が訊ねてみた。

「どうもこうも戻るしかないだろう」

「この状況でか？」

楢山は竜司を見た。

「宇田桐を放って戻れるのか？」

「放るわけじゃない。だが、俺たちが現場をうろちょろしていたら、捜査に迷惑をかけてしまうだろう。制服姿だしな」

竜司が言う。

もっともだった。もっともだが、受け入れられない。

「あいつ、俺が長尾を助けに行った時、危険も顧みず、加勢してくれた。今度は俺があいつを助ける番だ」

楢山は自分に言い聞かせるように口にし、強くうなずいた。

「おまえ、帰って報告書を書いてくれ。俺は現場に行ってくるから」

一階に着き、ドアが開くと、楢山が駆け出した。

「おい、待て！」

竜司が追いかける。

玄関を出たところで、楢山の肩をつかんだ。

「止めるな。俺は行く！」

楢山が竜司の手を振り払う。

「わかったわかった。俺も行く」

「おまえは来なくていい」

「行くよ。おまえ一人で行かせたら、どうなるかわからん。それに、この事態は俺たち三人の連帯責任だしな」

竜司が微笑む。

「宇田桐を救い出して、カタつけよう」

楢山の二の腕を叩く。

楢山はにやりとして、竜司と共に現場に近い最寄駅に急いだ。

## 2

現場は本郷《ほんごう》にある壱岐坂《いきざか》通りだった。最寄駅は南西にＪＲ水道橋《すいどうばし》駅、北東に丸ノ内線本郷三丁目駅、南東にＪＲ御茶ノ水《おちゃのみず》駅がある。当時、ＪＲは国鉄だった。

現在は、各駅周辺も整備され、少し洒落た学生の街になっているが、当時は、駅前には安い一杯飲み屋が多く、学生宿や古本屋があり、一角には昔ながらの住宅もひしめいていて、雑多な雰囲気のある街だった。

現場はどちらかというと水道橋駅に近い。

楢山と竜司は、捜査員たちとかち合わないように、本郷三丁目方向から現場へ向かうことにした。

地下鉄の駅から春日《かすが》通り南側の地上に出て、右手の路地に入っていく。本郷通りから一本入った路地の左右には、背の低いビルがひしめいていた。

巡回している警察官や捜査員を避けるように、右へ左へと曲がりながら南下していく。

二人とも、現場へ到着したからといって、どうすればいいのかはわかっていない。

本来であれば、周辺で聞き込みをして、他の捜査員と情報を擦り合わせ、対象を絞り込んでいくと、学校でも教わっている。

しかし、今は完全に楢山と竜司の独断での行動だ。協力は得られない。

「どうする、影野？」

楢山は歩きながら訊いた。

「俺たちは唯一、見張りを邪魔した開襟シャツの男二人の顔を知っている。連中を見つけ出すしかないだろう」

「そうだな。だが、どこにいるんだか……」

「おまえが見失ったのはどのあたりだ？」

「白山《はくさん》通りの手前の路地だな。連中、後楽園《こうらくえん》に向かっていたと思うんだが、入り組んだ路地を右に左に行かれて、途中、連中は二手に分かれて逃げ始めて、どっちを追うか一瞬迷った隙に見失った」

「じゃあ、後楽園の周辺を探してみるか。やつら、まだそのあたりにいるかもしれん」

「タクシーか仲間の車で逃げたんじゃないか？」

「その可能性もあるが、刑事講習で言っていただろう。犯人は現場に戻ってくると。もし戻ってきていれば、顔を知っている俺たちの方が先に見つけられる」

「それもあるな。よし、探――」

　顔を上げた楢山が足を止めた。

「どうした？」

　竜司は楢山の見つめている方に顔を向けた。

　スーツ姿の小柄な男がいた。パンチパーマ崩れの若い男がその男にへこへこと頭を下げている。

　楢山は近くのビルの入口に身を寄せた。竜司が付いてきて、身を隠す。

「影野、俺らはツイてるなあ」

　楢山が男を見たままつぶやく。

「なんだ、あいつら？」

　竜司が訊いた。

「あの小柄な男、車が盗まれるちょっと前に俺の目の前をうろちょろしていて、どこかに電話していたヤツだ。制服を着た俺を警戒していたし、あいつが電話して間もなく、邪魔が入って、車が盗まれた」

「関係者か？」

「確証はないが、怪しいと思ったら職質だろ？」

　にやりとする。

「おまえはあいつらの背後に回ってくれ」

　檜山が言う。

「わかった」

　竜司は男たちとは反対側の方向へ走った。

　檜山は竜司を見送り、男たちに目を向けた。小柄な男はポケットに両手を入れ、反り返って、パンチパーマ崩れの男になにやら偉そうに語りかけている。時折、バカみたいな大きな笑い声も聞こえてくる。

　典型的なチンピラの仕草だった。

　路地の先に竜司の姿が見えた。

　檜山はビル陰から出て、男たちに近づいた。

　小柄な男は制服姿の檜山を認めると、顔を伏せ、檜山とは反対の方向へ歩こうとする。しかし、竜司がそちら側から来るのを見て、踵を返した。

　パンチパーマ崩れの男が立っているところのビルへ入ろうとする。

　檜山が駆け寄った。

「すみません」

　笑顔で声をかける。小柄な男は聞こえなかったふりをして、中へ入ろうとした。

檜山がパンチパーマ崩れの男の脇を抜けようとした。男が道を塞ごうとする。その男の前に、竜司がスッと割って入る。

「すみません、お兄さん。警戒中なので、少しお話を伺わせていただければ」

竜司が男を止めている間に、檜山は小柄な男の前に出て、ビルへ入る足を止めた。

「すみませんね、少しお話を伺わせてもらえませんか？」

檜山は笑顔で見下ろす。

「何も話すことはねえよ」

小柄な男は目も合わせず、左脇からビルへ入ろうとする。檜山は左にずれて、男の行く手を阻む。男が右にずれると右へ。何度か繰り返すと、小柄な男が檜山を見上げた。

「こら！　何もしてねえ一般人の邪魔をしていいと思ってんのか！」

男が怒鳴った。

「そうだ！　警察の横暴だ！」

パンチパーマ崩れの男が同調して、大声で言う。

「少しお話を聞かせていただくだけでいいんですがね。どうしましょうか？」

檜山が竜司を見やる。竜司はうなずいた。

瞬間、竜司と檜山は同時に目の前の相手の胸ぐらをつかんだ。

それぞれ、左右の壁に男の背中を押し付ける。

「何すんだ、こら！」

パンチパーマ崩れの男が竜司を睨んで、暴れた。

竜司はよろけたふりをして、男の顔面に軽い頭突きを入れた。男は顔を押さえた。

「ああ、申し訳ない。お兄さんが急に暴れるから」

笑顔で言い、胸元をねじって締め上げ、ベルトのバックルを握って軽く持ち上げた。

男は胸元にある竜司の手を握ろうとする。その時、竜司がズボンをグッと持ち上げる。

男の股間に縫い目が食い込んで、踵が浮き上がるからか、男の手の力がふっと抜ける。

力を緩めると、男が怒鳴ろうとする。その時また、股間を持ち上げると、男は奇妙な悲鳴を短く放ち、また脱力する。

「おー、それすごいな。キンタマ持ち上げりゃ、黙るのか？」

檜山がにやりとする。

「前からやると、どうしても股間を持ち上げるが、攻めているのは肛門だ。体幹の中心は肛門にあるからな。そこを持ち上げると人は動けなくなる」

竜司が言う。

「へえ、こうか？」

檜山が小柄な男のベルトを握り、強引に持ち上げる。

「痛え！」

小柄な男は目を剝いて呻き、楢山の肩を握った。

「違う違う。こうだ」

竜司がパンチパーマ崩れの男のベルトを持ち上げた。男はまた短い悲鳴を漏らす。

楢山が倣《なら》うと、小柄な男は目を見開いて、楢山の服を握りしめた。

「わかったわかった！　質問には答えるから、勘弁してくれ！」

小柄な男が言う。楢山はベルトを握ったまま、男の脚を地面に下ろした。男は自分の股間をさすり、楢山を睨み上げた。

「聞きてえことってのはなんだ！」

「名前は？」

楢山が訊く。男は顔を逸らし、答えようとしない。楢山はベルトを握った手に力を入れた。

「三宅《みやけ》！　三宅だ！」

男があわてて答えた。

「三宅さんね。では、質問させてもらう。水道橋駅近くの壱岐坂通りにあったモスグリーンのカローラは誰のだ？」

楢山が見下ろす。

三宅と名乗った男の黒目が一瞬揺れた。

「あんた、あの車と俺をちろちろ見ながら、誰かに電話してただろ。どこに電話してたんだ？」

「知らねえよ、そんな車。おまえのことも今初めて見たし、電話してたってんなら、仕事の電話をしてたんだろうよ」

ぞんざいな口ぶりで答える。

「三宅さん。俺が訊きてえのは、そういうことじゃねえんだけどなあ」

檜山は三宅を持ち上げた。

三宅の両足が浮く。檜山はベルトを持ったまま、三宅の体を揺らした。ズボンが股間に深く食い込む。

三宅は檜山の肩を握りしめた。

「どこに電話してた？」

檜山は三宅を睨み、揺らし続けた。

「ポリ公なら、何やってもいいのかよ！」

パンチパーマ崩れの男が怒鳴った。

竜司はベルトを握りしめ、顔を寄せた。

「黙ってろ。タマ、潰すぞ」

静かに睨む。男の顔が引きつり、おとなしくなった。

「どこに電話した？」

楢山が再度訊ねる。

「じ……事務所だ」

「どこの？」

「皇《こう》成《せい》会《かい》の事務所だ！」

「皇成会？　おまえら、ヤクザか」

楢山が三宅に顔を近づける。

「だったら、どうした？　てめえの顔は覚えたぞ。ポリ公だろうがなんだろうが、ナメられたままじゃ終わらねえ。てめえら、街を歩くときは気をつけな」

三宅が強がる。

「そうかい。その前に、おまえをぶち殺してもかまわねえんだぜ、こっちはよ」

楢山は三宅の背中を壁に叩きつけた。三宅は息を詰め、顔をしかめた。

手を離すと、三宅が足元に崩れ落ちた。

楢山は爪先で三宅を転がし、腹を踏みつけた。そのまましゃがむ。三宅が苦しそうに呻いた。

「カローラを持ってったのは、皇成会のやつらだな？　車に何を乗せてた？」

三宅に訊くが、顔を背ける。

楢山は腹を踏んだ脚に体重を乗せた。三宅は目を剝いた。

「シャブだ！」

三宅の言葉に、楢山と竜司は顔を見合わせた。

「覚せい剤を乗せてたんで、警察が監視しているにもかかわらず、車を持っていったというわけか。なるほどな」

竜司は言い、パンチパーマ崩れの男を睨んだ。

「事務所はどこだ？」

男に訊くが、すぐに答えない。竜司は躊躇なく、頭突きを入れた。男の鼻腔から血が噴き出す。

「どこだ？」

竜司は再び訊く。すぐに返事がなく、また頭突きを入れる。

「どこだ？」

「お……御茶ノ水駅近くの七岡《ななおか》ビルだ」

「そうか。ありがとうな」

竜司は言い、右拳を男の鳩尾《みぞおち》に叩き込んだ。男は息を詰めた。手を離すと、壁に背を当て、ずるずると崩れ落ちた。

地面にうつぶせにし、後ろ手に手錠をかけた。ベルトを外して、足首を縛る。

「おまえも寝てろ」

檜山も三宅の鳩尾を踏みつける。三宅の体が一瞬くの字に折れ、ガックリと地面に大の字になった。

檜山も竜司と同じく、三宅をうつぶせに返し、両手足を拘束した。

「宇田桐は事務所に連れて行かれたのか？」

竜司が檜山を見る。

「わからねえが、あいつがどうなったかは事務所の連中が知ってるだろう。叩きのめして、吐かせりゃいい」

檜山はにやりとして立ち上がった。

「行くか」

檜山の言葉に、竜司がうなずく。

二人は路地を出て、皇成会の事務所に向かった。

## 3

宇田桐は皇成会事務所の奥の部屋に転がされていた。

窓のないコンクリート囲いの殺風景な部屋だった。手足はロープで縛られている。暴行を受けて顔は腫れ上がり、左瞼が膨らんで塞がっている。頬も唇も腫れ、流れた血が口元にこびりついていた。

スポーツバッグを持った男と運転していた男が入ってきた。

スポーツバッグを持っていた男は大木《おおき》と名乗った。角刈りで背の高い男だ。運転していた男は馬場《ばば》という名前だった。ひょろっとした半端なパーマ頭の男で、大木の舎弟のようだった。

大木は時折、宇田桐の様子を見に来ては、暴行を加えていた。

時間は不定期で、入ってきては恫喝《どうかつ》をして暴行を加える。

ヤクザの典型的なやり口だ。

時間がわからない密室に閉じ込め、規則性もなく、何度も何度も恫喝と暴行を繰り返す。

肝の据わった者なら、二、三度は牙も剝けるが、それ以上になってくると、いつまで生殺し状態が続くのだろうと不安になってくる。

不安が膨れ上がると、人は急に弱気になり、自分の身を守ろうと相手に従うようになる。

単純だが、人間の防衛本能に働きかける効果的な方法だった。

宇田桐も恫喝や暴行はたいして怖くなかった。相手がそういう手を使うということは、まだ殺す気がないという状況でもあると判断できるからだ。

ただ、鼻が血で塞がって、息苦しくなるほどに体力は削られていた。

ドアが開いた。廊下の明かりが差してくる。

部屋の明かりが灯り、宇田桐は眩しさに目を細めた。

馬場が入ってくる。その後ろから、大木が入ってきた。

「まだ音を上げねえか。たいしたもんだな、初任科生の宇田桐」

大木が近づいてきて、宇田桐を見下ろした。

「こいつを座らせろ」

大木が言う。

「おい！」

馬場がドアの向こうに声をかけた。

ジャージ姿の若い男が二人、パイプ椅子を持って入ってきた。大木の横と宇田桐の脇に向かい合って椅子を広げる。

大木が腰を下ろす。若い男二人は、宇田桐を抱え上げ、椅子に座らせた。

宇田桐は、背もたれに深く背を預けた。体が傾きそうになる。背後にいた馬場が宇田桐の肩をつかんで、まっすぐ座らせた。

ジャージ姿の若い男二人は、大木に深々と礼をして出て行った。まだ十代のあどけない顔立ちの二人だった。

「あいつら、ヘタすりゃ中学生だろ。ヤクザになんかさせるなよ」

宇田桐は大木を見据えた。

「はぐれた連中には、こっちの水の方が合うんだよ。好きでこっちに来たわけじゃねえ。おまえらみたいなのがあいつらを弾いてんじゃねえのか？」

大木が高説をぶつ。

「おまえはどうなんだよ。なぜ、ヤクザになった？ 俺を見てすぐ初任科生とわかったのは、おまえも警察に関係したところにいたってことだろ？」

宇田桐が訊く。

「おー、見事な考察だな。その通りだ。俺は六年前、警察学校に入った。三カ月で辞めちまったがな」

「そうか。とんでもねえ先輩だな」

宇田桐が鼻で笑う。

大木は少し気色ばんだが、笑みを作った。

「なんでやめたんだよ」

「なぜって、おまえ。おまえも教練受けてりゃわかるだろ。ありゃあ、教育でもなんでもねえ。教官の憂さ晴らしだ。特に、吉家ってヤツはひどかった」

「俺は今、吉家教場だ」

宇田桐が言う。

「そりゃ、災難だな!」

大木が大声で笑う。

「ああ、災難だ」

宇田桐は合わせた。

「で、あんたは吉家教官の、あの程度のしごきに堪えられなかったということだな?」

バカにしたように片笑みを滲ませる。

大木の眉尻がひくっと蠢《うごめ》いた。

「自分から辞めたんだよ」

そう言い、宇田桐を睨む。

「なあ、宇田桐。おまえも吉家のところにいるなら思わねえか? クソみたいにしごかれて、現場に出りゃ寝ずに働かされて、それでもたいした給料はもらえねえ。おまけに命の危険もある。どうせ死ぬ覚悟があるなら、自分の腕一本でのし上がれるこっちの世界の方がおもしろくねえか?」

「そりゃあ、言えてる」

宇田桐が同調した。

大木はにやりとした。

「おまえは肝が据わっているし、頭もいい男だ。そこでよ、おまえに選択肢を二つやる。

一つはこのまま俺らに逆らって、ここで野垂れ死にする道。もう一つは、警察官になって、俺らと組んでのし上がる道。どうだ？」

「おまえらと組んで、何をするんだ？」

宇田桐が訊く。

「ポリ公が俺らの商売を邪魔しねえように情報を流してもらいてえ。見返りに、おまえらの捜査に協力してやる。なんなら、銃を仕込んで摘発させてやってもいい。悪い話じゃねえと思うが」

大木が少し身を乗り出した。

宇田桐は笑みを浮かべた。

「たしかに、悪くない話だな」

「だろ？　今回の件も、身代わりを差し出してやる。おまえの手柄にしちまえ」

「そりゃ、ありがたい」

「利口なやつで話が早えよ。おい、解いてやれ」

大木が言う。

馬場はナイフを出して、宇田桐の両手首のロープを切った。足下に回って、両足首のロープも切る。

宇田桐は自由になった手足をくるくると回した。指先に血が通い、じんじんする。

「今日はこのまま帰れ。あとで、仕込んだやつの居所を知らせるから、そこに踏み込みゃいい」

「それは助かる。が——」

宇田桐は股を広げて天井を仰いだ。

「その話、乗っかるわけにはいかないなあ」

「てめえ、裏切る気か？」

大木が睨む。

「ちょっと待ってくれ。俺はおまえの申し出を受けるとは言ってないぞ」

大木を見返す。

「てめえ、ふざけんじゃねえぞ」

馬場が右肩を握った。

宇田桐は馬場の袖を握り引き寄せた。馬場の上体が前のめりになる。そこを狙って、立ち上がった。

馬場の顎に頭頂がヒットする。馬場は顎を跳ね上げ、仰向けに倒れた。パイプ椅子の後ろに回って、椅子を握る。それを大木に向けて振った。

大木は腕を上げて顔は防いだが、椅子がボディーにあたり、自分が座っていた椅子と共に横倒しになった。

宇田桐は椅子を大木に投げつけた。

大木が横に転がって避ける。回転して立ち上がった。が、宇田桐の姿がない。

探そうと顔を振り向けた。そこに、宇田桐の回し蹴りが飛んできた。

大木の顔面に宇田桐の脛が当たった。振り切る。大木は弾き飛ばされ、壁にぶつかって倒れた。

宇田桐はすぐさま大木に詰め寄り、腹を蹴り上げた。大木の体が跳ね上がり、沈む。

大木の背中を踏みつけ、うつぶせにして制した。

「おまえの企《くわだ》ては悪くないがな。今期の初任科生には化け物がいるんだよ。あいつら相手に喧嘩をする気はない」

「誰だよ、それは」

「いずれ、わかる」

宇田桐は足を上げてもう一度背中を踏み、ドア口に向かった。

ドアを開けようとする。しかし、ドアが開かない。何か置かれているようだ。

「ありゃ、閉じ込められたか？」

ガチャガチャとドアを揺らしていると、大木の笑い声が聞こえた。

「てめえはここから出られねえ。その化け物ってのはどうだか知らねえが、てめえがくたばるのは確定だ」

「勝手に決めるなよ」

パイプ椅子を起こして、部屋の真ん中まで歩いていった。馬場が手をついて、上体を起こそうとしている。

宇田桐は馬場の顎先を蹴り上げた。馬場は仰向けにひっくり返って、気絶した。

椅子を置いて座り、大木を見下ろす。

「おまえら、逃げたほうがいいぞ。化け物たちがやってくる前に」

「ここがわかるわけねえだろ。フカシこいてんじゃねえぞ、こら」

大木が宇田桐を睨む。

「それがなあ。あいつら、獣みたいな連中なんで、嗅ぎつけちまうんだよ。悪いことは言わねえから、さっさと逃げたほうがいい」

「俺を脅して、開けさせてえだけだろ。ふざけんな。てめえはここで終わりだ。化け物が入ってきても、このビル全部がうちの事務所だ。ここまでたどり着く前に、そいつらも死んじまう。脅すなら、もう少しマシな脅しをしろや、クソガキ」

大木は体を起こして、壁にもたれた。

「嘘だったらいいんだけどねえ」

宇田桐は身を乗り出して、両腿に肘をつき、大木を見据えた。

「全員、死ぬよ？」

じっと目を見つめる。

大木の顔が引きつった。

宇田桐は体を起こした。

「まあ、それまで、あんたらがなんであの車に執着したのか、何をしていたのか、全部話してもらいますよ、先輩」

そう言い、にやりとした。

## 4

檜山と竜司は、三宅に聞いた七岡ビルの前に到着した。二人して、ビルを見上げる。

二階から上にはベランダがあるマンションビルだった。

「そういやあ、あの三宅ってチビ、事務所が何階にあるか言ってなかったな」

檜山が言う。

「つまり、このビル全部が事務所ということなんだろう」

竜司が返す。

立って見上げていると、中からジーパンを穿いた男が出てきた。パーマ頭に剃り込みが入っている。

男はポケットに手を入れ、肩を揺すり、楢山と竜司に近づいてきた。

「ポリ公が何の用だ？」

竜司に顔を近づけて、睨む。

「このビル全体が皇成会の事務所か？」

竜司は涼しい顔で訊いた。

「だったら、なんだってんだ、こら！」

男はさらに竜司に鼻先を突き付けた。

楢山が男の襟首をつかんだ。強引に引っ張り、壁に叩きつける。男は背中をしたたかに打ちつけ、息を詰めた。

「何すんだ！」

怒鳴る男の胸ぐらをつかんで、もう一度背中を叩きつける。

「警察官を連れてきたろ。ここにいるのか？」

「うるせえ！」

男が粋がる。

楢山は平手打ちを見舞った。男の首がガクッと折れた。手のひらが大きく力もあるだけに強烈なビンタだ。

「いるかいねえか訊いてるんだ」

返す手の甲で反対側の頬を打つ。男の首が反対側に折れる。

「いるのか、いねえのか、答えろ」

檜山は執拗《しつよう》に往復ビンタをかます。

「ナメんじゃねえぞ、ポリ公！」

男は胸ぐらをつかみ返し、突き放そうとする。が、檜山はびくともしない。

檜山は往復ビンタを続けた。男は怒鳴りながら両腕を上げ、平手を防ぐ。

だが、檜山の平手打ちは、拳で殴られているほどの衝撃がある。

ガードしている腕が痺れて、次第に開いていく。その隙間を抜けた平手が強烈に男の頬を打つ。

男の鼻からは血が飛び出し、口の中も切れ、鮮血が飛散した。その血が檜山の制服に飛び散って、青いシャツを紫に染めるが、檜山は関係なく、平手打ちを続けた。

やめろと怒鳴っていた男が、やめてくださいと懇願するようになってきた。

「言いますから。言いますから！」

男が声を上げた。

檜山は手を止めた。男の両頬はおたふく風邪のように、真っ赤に腫れ上がっていた。

男が咳き込んだ。血の塊を吐き出し、奇妙な呼吸音を漏らす。男は何度か深呼吸をし、檜山を見た。

「五階にいます」

「最上階だな？」

楢山の問いに、男がうなずく。

「けど、たどり着けませんよ」

「なぜだ？」

「各階に組員が詰めてます。五十人はいるし、上までは階段一本しかないですからね。階段で挟み撃ちにされりゃあ、終わりです」

男が笑みを滲ませる。

「そうかい」

楢山も笑みを浮かべた。

「じゃあ、これで一人減らせる」

楢山は右拳を男の腹に叩き込んだ。

男は息を詰めて目を剝いた。手を離すと、男は両膝から落ち、楢山の太腿に倒れ込んだ。

楢山が後退すると、男は顔から地面に落ちた。

「影野、行くぞ」

楢山がビルの玄関に向かう。竜司も続いた。

## 5

「そこまで突き止めておいて、誰かに連絡しなかったの？　別に二人で乗り込むこともなかったんじゃない？」

紗由美が訊いた。

「そうなんだけどな」

楢山は紗由美を見やった。

「なんか、あの時は、俺も竜司も、他の誰かを呼ぶ気はなかったんだ。二人で解決したいというわけでもなかったんだが、自然と二人だけで行動してたな。今、思い返しても、なぜ二人で突っ込んだのか、よくわからん」

思い出しながら、話す。

「けど、ヤクザビルでも警察官には何もできないですよね。警察官に悪さすれば、トップまで持っていかれるわけだし」

真昌が言う。

「いやいや、当時はそんなことはなかった。暴対法《ぼうたいほう》ができる前だからな。下っ端のしたことでトップが責任を取らされることはあまりなかった。なもんで、ヤツらも平気で警察に盾突いていたし、こっちも関係なくぶん殴ってた」

楢山が笑う。

「昔はそうだったわねえ。ヤクザさんたち同士の争いもあれば、警察とのやり合いもあったけど、繁華街では平気で暴れていたもんねえ」

節子がお茶を啜る。

「おばあも見たことあるの？」

真昌が節子に顔を向けた。

「しょっちゅうよ。近所にもヤクザさんが住んでいたし。昭和に憧れる若い人たちも多いみたいだけど、怖いことや危ないことも多かった時代。みんな、無意識に、そういう人たちのトラブルに巻き込まれないよう、危険な人や場所には近づかないようにしてた。ヤクザさんたちも住み分けてくれていたけどね」

「ほんと、普通に暮らしている分には、昔に比べればずいぶん平和になったかも。今は住み分けがわかりにくいから、そういうところは怖いけどね」

紗由美が言う。

「昭和、こえー」

真昌が肩を竦める。節子が顔を向ける。

「いつの時代も変わらないわよ。その時代その時代で、いい面もあれば悪い面もある。それを伝えるのが私たちの役目で、語り継いでいくのが若い人たちの役目」

目を細める。

「おばあに言われると、なんかホッとするなあ。じゃあ、語り継がなきゃならないんで、楢さん、ヤクザビルにぶっこんだ話の続き、よろしく」

真昌が笑う。

楢山は苦笑し、話を続けた。

## 6

楢山たちは目の前の階段を上がっていった。

一階はすんなりと通過した。まだ誰も、楢山たちの侵入には気づいていないようだった。

二階への踊り場に出たところで、上から降りてきた二人の男と出くわした。壱岐坂通りで見張りを邪魔した二人だった。楢山を見て、一人が怒鳴る。

「なんだ、こら、ポリ公！　ここがどこだかわかってんのか！」

上体を揺らし、道を塞ぐ。その隙に後ろの男は階段を駆け上がった。

ドアの開く音がした。

楢山が大きく息をつく。

「あー、出てきちまうなあ、めんどくせえ連中が」

「まあ、仕方ない。さっさと上に行こう」

竜司は檜山の前に出た。

「ナメんなよ、ポリ――」

怒鳴ろうとした男の顔面に、竜司がノーモーションのストレートを叩き込んだ。

短い距離だが強烈だった。男が後方に吹っ飛んだ。背中から階段に落ち、息を詰める。檜山は男の腹を踏みつけた。男の体がくの字に折れた。

二人は階段を駆け上がった。

三階へと上る踊り場まで来たところで、上下から複数の足音が聞こえてきた。

檜山と竜司は背中合わせになった。竜司は階下を見ていた。檜山は上を見ている。

「檜山、突っ切れ。俺は下の連中を止めて、上に向かう」

「オッケー。死ぬなよ」

「おまえもな」

二人、笑みを滲ませ、上下に走った。

階段を下った竜司は、目の前に現われた男に前蹴りを放った。

男は不意打ちを食らい、真後ろに飛んだ。後ろから来ていた男が、飛んできた男を抱きとめ、そのまま後ろに倒れる。数人の男が巻き込まれ、雪崩《なだれ》のように階段を落ちていく。

手で持ち上げる。

駆け上がった檜山は、出くわした男の胸ぐらをいきなりつかんだ。ベルトもつかんで両手で持ち上げる。

男が手足をばたつかせた。そいつを三階ドアの前に投げた。男は壁に頭を打ちつけた。首が曲がり、そのままドア前に落ちる。

檜山は下りてきたもう一人の男の金的に右ストレートを叩き込んだ。男はたまらず両膝を落とした。

髪の毛をつかんで、顔面に右拳を叩き入れ、後ろに回り込んで蹴落とす。男は階段を転がり落ち、投げた男の上に重なった。

二人の男は気を失っていた。その男たちが邪魔になり、三階のドアが開かない。

「どかんかい、こら！」

少し開いたドアからは男たちの怒号が飛び出してくるだけだ。

檜山が上を向く。男が日本刀を振り上げていた。

檜山は壁を背にしゃがんだ。下りてきた切っ先が壁を抉って止まる。屈んだまま、右脚を大きく踏み出して、左手で男の腕を握り、右手で股間を握った。男は呻き、日本刀が転がる。そのまま男を持ち上げ、頭を壁に叩きつける。

男の顔面が歪む。そのままうつぶせに沈む。

上から来た男が檜山に日本刀を振り下ろそうとしていた。檜山はとっさに転がった日本刀を拾った。片膝をついて右腕一本で振り上げる。

キンと金属音が弾けた。相手が振り下ろした刀を弾く。

檜山は片手で刀身を反転させ、峰で男の太腿を打った。男が左膝を落とし、傾いた。

その背後に複数の男がいる。

檜山はそいつらに刀を投げた。回転して飛んでくる刀を避けるのに、手前の男たちが屈む。

事態に気づいていなかった男の胸元を切っ先が掠め、悲鳴と共に倒れる。

檜山は一段ずつ階段を上がり、屈んだ男たちに下から左右のアッパーを振り上げた。男たちの顔面や顎、脇腹に振り回した拳が当たる。男たちは一人、また一人と殴られた箇所を押さえて、その場に座り込む。

狭い階段であることが、功を奏していた。

相手は大人数で押し寄せてくるものの、階段は二人が並べばいっぱいになるほどの狭さだ。

檜山と竜司が相手にするのは、目の前の二人でいい。また相手は武器を手にしているが、自由に使えず、かえって邪魔になっている。

まごまごしているところを襲えば、拳や蹴りがたやすく当たった。

檜山は、殴られうずくまる男の襟首をつかんで、引っ張った。屈んだ男が階段を転げ落ちていく。

それをひょいっと飛び越え、竜司が上がってきた。

「下はどうだ？」

楢山がちらりと竜司を見やる。

「ヤクザの山ができあがってるよ」

「嫌な山だな」

楢山が笑う。

「てめえら！　調子に乗ってんじゃねえぞ！」

手前の二人が殴りかかってくる。

竜司と楢山は同時に左右のストレートを放った。竜司の右拳が向かって左の男の顔面に、楢山の左拳がその隣の男の顔面に炸裂した。

二人の男の両足が跳ね上がり、後ろの男たちを倒した。竜司と楢山は男たちを踏みつけ、四階と五階の踊り場に出た。

と、竜司が上から腕を下ろす男を認めた。銃を握っている。

「楢山！　銃だ！」

とっさに四階のドア前に飛ぶ。楢山も階段を飛んで下りた。

銃声がこだました。階段で倒れている男が被弾し、悲鳴を上げる。

銃を持った男はかまわず乱射した。

檜山は四階のドア前に倒れている男を蹴り退けた。

ドアを開く。

「影野！」

檜山が声をかけると、竜司が玄関先へ飛び込んだ。カンカンと銃弾がドアを抉る。

檜山も中へ入り、ドアを閉め、鍵もかけた。ドアの先で怒号が飛び交っている。

室内で、廊下の左右と奥にあるドアが開いた。

竜司は姿勢を低くし、廊下を走った。開いたドアを蹴り返す。出てこようとした男がドアで顔を打ち、部屋の中に転がった。

竜司は豹《ひょう》のごとく廊下を駆け抜け、リビングのドアを蹴破って、中へ飛び込んだ。

「ほんと、獣だな、あいつ」

檜山も廊下を奥へ進む。

ドアの隙間から腕が出てきた。檜山は壁に背を寄せ、出てきた腕をつかんだ。力まかせに引っ張り出し、反対側の壁に叩きつける。

男は顔面から壁に激突した。鼻が潰れ、前歯が折れる。噴き出した血が壁に飛散する。

檜山は男が握っていた銃をもぎ取った。開いたドアに連射する。銃の乱れ撃ちに怯み、敵はドアから出てこない。

楢山は手前のドアに駆け寄り、中へ飛び込んだ。

床にうずくまっていた敵が発砲した。弾丸が楢山の左上腕を掠めた。ワイシャツが切れ、血が滲む。

しかし、楢山は眉一つ動かさなかった。痛みを感じない。アドレナリンが全開状態になっているようだ。

楢山は男の手前に残っていた銃弾を撃ち込んだ。カーペットに弾丸がめり込む。

男は銃を手から放り、頭を抱えて、小さくなった。

楢山も空になった銃を放り、男を下から蹴り上げた。男の顔面が歪んだ。舞い上がった男の体が宙で半回転し、うつぶせに床に叩きつけられた。

背後に気配がある。楢山はとっさにしゃがんだ。同時に発砲音がした。的を失った銃弾が、サイドテーブルに置かれていたランプを砕いた。

楢山は落ちていた敵の銃を拾った。寝転がりながら反転する。そして、敵の脚を撃った。

弾丸は敵の脛の骨を砕いた。敵は絶叫し、その場に落ちた。左脚を押さえ、もんどり打って転がる。

楢山は男の顔を踏みつけた。床で頭がバウンドし、そのまま沈む。楢山は男の銃も拾った。

両手に銃を持ち、廊下に出る。リビング側の斜め前のドアが揺れた。左手に持っている銃を向け、発砲する。

　玄関側のドアも開く。右腕を上げ、そちらにも銃を撃つ。

　両腕を広げた楢山は、左右のドアに向け、引き金を引き続けた。凄まじい発砲音が廊下に響き、硝煙《しょうえん》で煙る。

　銃弾を撃ち尽くした楢山は銃をその場に捨て、リビング近くのドアに歩み寄った。穴の開いたドアの先に、男が倒れていた。

　肩に被弾し、脂汗をかいて横たわっている。楢山は男の顎を蹴り上げて、眠らせた。

　男の手から銃がこぼれている。それを拾い上げ、マガジンを出して残り弾を確認し、戻してスライドを引いた。

　リビングへ駆け込み、両腕を起こす。

「てめえら！　全員、ぶち殺す――」

　恫喝しようと部屋の様子を見ると、立っていたのは竜司だけだった。その足下に、四人の男が転がっていた。周りには銃や匕首、日本刀も落ちている。

「全員、伸しちまったのか」

　楢山は銃を下ろした。

「おまえがバカみたいに銃を撃つから、こいつら怯えて縮こまってな。おかげで、楽に倒せたよ」

「誰がバカだ」

檜山が笑って、竜司に顔を向けた。

「さて、どうするかな。階段には真のバカ者たちが集結しているだろうし」

訊くと、竜司は天井を指さした。

「この上だろう？　なら、ベランダから行けばいい」

「おまえは忍者か」

檜山は苦笑した。

「本気だ。階段やこの部屋にいた人数から考えると、五階の部屋には十人もいないだろう。ベランダから急襲すれば、敵もあわてる。上がったら、避難はしごを下ろすから、おまえはそこから上がってくればいい」

竜司が真顔で答える。

「おまえなら、できそうだな」

檜山はふっと笑って、竜司に銃を差し出した。

「銃はいらん」

竜司が言う。

「持って行け。威嚇にはなる。敵をぶちのめすより、宇田桐を救出することが大事だ。手段は選ぶな」

竜司をまっすぐ見つめる。

竜司は楢山を見返し、銃を手に取った。腰に差す。

二人してベランダに出た。

「肩車をしてくれ」

言われ、竜司を肩に乗せた。ゆっくりと立ち上がる。

竜司は柵の外に体を出し、壁に手を当てた。楢山の肩に左脚裏を置く。

「立つ気か？」

「足首を握っておいてくれ」

言うと、竜司はいきなり立ち上がった。

楢山は竜司を落とさないよう、耳の横で左足首を両手でつかんだ。

竜司は体幹で体を立て、上階のベランダの縁をつかんだ。そのまま二本の腕で体を持ち上げる。竜司の脚がベランダの壁に消えていく。

楢山はベランダを見上げた。様子を探っていると、避難はしごのハッチが開いた。竜司が顔を出した。

「カーテンが閉まっている」

小声で楢山に声をかける。そして、避難はしごを下ろした。

人差し指を上にくいくいと動かす。楢山は下りてきたはしごを上った。

ベランダに出て、すぐ身を屈める。摺《す》り足で竜司に近づいた。

「ここはリビングだな」

楢山の言葉に竜司がうなずく。

「ここに宇田桐がいればいいが」

竜司はカーテンの先に目を向けた。

「下の階、リビング以外の部屋は四つあったな。廊下に出て左右に二つずつ」

「あとは風呂場だ」

竜司が言う。

「わかった。おまえの方が動きが速い。俺が先に突入する。いないとわかったら叫ぶから、おまえは廊下の部屋を調べろ」

楢山が言う。竜司は首肯した。

「銃を貸せ」

楢山は竜司から銃を受け取った。ベランダの柵にもたれかかり、銃口を窓ガラスに向けた。

竜司を見やる。竜司がうなずく。

楢山はスライドを引き、窓ガラスに向けて連射した。

閃光が瞬き、炸裂音が轟く。窓ガラスに穴が開き、蜘蛛《くも》の巣状のひびが走った。その先でカーテンが揺れる。

楢山はガラスを蹴破り、中へ飛び込んだ。カーテンを引きちぎる。陽光が部屋に射した。

「いない！」

楢山は叫ぶと同時に、銃を乱射した。

竜司は空いた窓からリビングに飛び込んだ。上体を屈めて、部屋の状況を一瞬で把握する。

リビングのドアの前に、銃を持った男がいた。楢山の乱射に驚き、顔を手で覆い、少し腰を落としている。視線は竜司にない。

竜司は低い体勢のまま走った。楢山に翻弄されていた別の男が竜司に気づき、銃を向ける。

楢山はその男に発砲した。弾は当たらなかったが、男は腕を引っ込めた。

竜司はリビングのドア前の男の懐にタックルをした。腕を胴に巻き、そのままドアに突っ込む。

ドアがけたたましい音を立てて倒れた。

廊下の状況を見やる。右手のリビング近くのドア前にパイプ椅子が置かれていた。

竜司はパイプ椅子から立ち上がった男に向け、つかんでいる男を肩で押し出した。

男は足がもつれるように後退した。そのままパイプ椅子付近にいた男にぶつかり、共に倒れる。

別の部屋から出てきた男たちが、竜司に向けて一斉に発砲した。竜司の右前腕や脇腹を銃弾が掠める。チリッとした痛みが走るが、竜司はかまわず、パイプ椅子前のドアを蹴り開け、中へ飛び込んだ。

前転して立ち上がる。

気配に気づき、竜司はハイキックを放った。相手は右腕で蹴りを受けると、そのまま左に流れた。

顔を見合わせる。宇田桐だった。

「大丈夫か！」

竜司が言うと、宇田桐はドアを蹴って閉めた。ドア脇の壁に背をつける。竜司も反対側の壁に背を当てた。

ドアの外で銃声が轟いた。ドアに穴が開く。少し静かになると、ドアがいきなり開いた。銃を構えた男が二人飛び込んでくる。竜司と宇田桐は、突き出た腕を同時につかんだ。

竜司は左手でつかんだ腕を引きよせると同時に、右肘を男の顔に叩き込んだ。男の顔が真ん中から凹み、血がしぶく。

宇田桐は男の腕を右手でつかみ、背後に回った。後ろから男の肩口を手のひらで押さえ、お辞儀するように上体を倒して、さらに左脚を開いて左に半回転する。

男の肩口に宇田桐の全体重が集中した。男が前のめりになる。宇田桐は回転しながら正座をした。

男は顔から床に突っ込んだ。前歯が折れ、血と共に床に飛び散った。

宇田桐は男の腕を後ろにねじり上げ、銃をもぎ取った。

ドアからさらに男たちが入ってきた。宇田桐は男を膝頭で制したまま、入ってきた男の脛を的確に射撃した。

男たちは飛び上がって地面に倒れた。銃を放り出して、叫びながらもんどり打つ。

檜山がドア口に顔を出した。宇田桐は銃口を向けた。

檜山は宇田桐を認め、左手を上げた。宇田桐が銃口を下ろす。

檜山は落ちている銃を蹴った。部屋の隅に銃が滑る。

竜司は肘を入れた男を足払いで倒し、胸元を踏みつけた。男は息を詰め、気絶した。

「リビングは？」

竜司が訊く。

「全員、倒した。たいしたことなかったよ」

檜山が笑う。

「たいしたことないって、おまえら、ぼろぼろじゃないか」

宇田桐は座ったまま、二人を見上げた。

言われ、竜司と檜山は互いを見た。

顔には銃弾の傷や殴られた痣が、体も弾が掠めてできた傷や日本刀で切られた箇所があり、ズボンやワイシャツは破けてはだけ、血の筋があちこちにできていた。

互いの傷を確認して、檜山と竜司は苦笑した。

「おまえも相当やられたな」

竜司が宇田桐を見下ろす。

「たいしたことないよ。おまえらとの逮捕術教練の方がよっぽど怖い。応援は？」

「二人で来た」

檜山が言う。

「おまえたちらしいな」

宇田桐は笑って立ち上がり、壁の隅で息絶え絶えの大木に歩み寄った。

脇に屈み、髪をつかんで顔を上げさせる。

「な、言ったろ？　今期の初任科生には化け物がいるって。こいつら、二人でここまで来たんだと」

「正気か……」

大木が声を絞り出す。

「正気じゃない。狂気だ。右のデカいのが檜山誠吾。左の細身だがムキムキのが影野竜司。

覚えとけ。こいつらに逆らったら、地獄を見ることになるってな」

宇田桐は床に大木の顔を叩きつけた。

大木は血を吐き、そのまま意識を失った。

「そいつか、車を持ってったのは」

楢山が見下ろす。

「そうだ。車に取引用のシャブを積んでたんで、あわてて取りに来たんだと。けど、これでこいつどころか、皇成会も終わりだ。冴えねえ話だな」

宇田桐は鼻で笑った。

「さてと、出ようか」

宇田桐が言う。

「階段は残党がうじょうじょいるぞ」

楢山が言った。

「五十嵐さんに電話してきてもらおう」

竜司が言う。

「いいのか？　おまえら二人で来たことがバレちまうぞ」

宇田桐が竜司と楢山を見る。

「俺らは、おまえが無事ならいいんだよ。それに暴れるのも疲れた」

檜山は両手を広げて笑った。

「じゃあ、みんなで待つか」

宇田桐が歩きだす。が、気が緩んだのか、脚がもつれ、つまずく。竜司が宇田桐を抱きとめた。左脇に肩を通す。檜山も屈んで、右脇に肩を通し、宇田桐を抱えた。

三人は部屋を出てリビングに行った。倒れたソファーを起こして、宇田桐を座らせる。

竜司がデスクの上の電話を引き寄せた。

「さすがに、俺たちもこれで退学かな」

宇田桐が笑う。

檜山は一人掛けソファーを起こし、座って、肘掛けに両腕を置いた。

「そうなったらなったで、仕方ねえ。まあ、また暴力団一つぶっ潰したんだから、いいだろう。なあ、影野」

「よくはないけどな」

竜司は苦笑して、受話器を持ち上げた。

「退学になったら、三人で警備会社でも起こすか」

宇田桐が言う。

「そりゃいいな。乗った！　影野も来るだろ？」

檜山が竜司を見やる。

「俺は遠慮しとく。おまえらといたら、命がいくつあっても足りなさそうだからな」

竜司は笑って、警視庁に連絡を入れた。

## 7

話を聞き終え、真昌は大きく息を吐いた。

「めちゃくちゃですね」

「ほんと、めちゃくちゃ」

紗由美は頰杖を突き、呆れて笑った。

「それでも退学にならなかったのね」

節子が楢山を見やる。

「そうなんですよ。皇成会は大きな麻薬の密売ルートを持ってましてね。警察官への暴行、拉致監禁の容疑で会長以下全員を引っ張って吐かせた結果、その密売ルートまで摘発できたんです。その功績に免じて、退学処分は下されませんでした」

「どこまでも運任せな人たちだったのね」

紗由美が笑う。

「運に任せたわけじゃない。行動した結果、運が付いてきただけだ」

檜山が真顔で言う。そして、真昌に顔を向けた。

「俺たちがやってきたことは、決して褒められた行動ではない。だがな。ここぞという時は、怯むな。指示を待つな。自分の頭で考えて判断し、自ら行動しろ。それが自分を守ることにもなるし、周りを救うことにもなる。それが警察官の使命だ」

檜山の言葉に、真昌は力強くうなずいた。

さんぴん茶を飲んで、立ち上がる。

「では、檜山先輩、おれ……いえ、私は一度実家に戻って、寮へ戻るであります！」

直立し、敬礼する。

「ご苦労！」

檜山は敬礼を返した。

真昌はなぜか胸を張って、安達家を去っていった。

「大丈夫？　煽っちゃって」

紗由美は真昌の背中を見送った。

「あいつは大丈夫だ。いい警察官になる」

「そうね。私もそう思うわ。ちょっと買い物に行ってくるわね」

節子が立ち上がる。

「おばあ。買い物なら私が」

「一日一回は歩いておかないと、衰えちゃうから。真昌が立派な警察官になるまで、見届けなきゃいけないからね」

そう言って微笑み、エコバッグと財布を持って家を出た。

「じゃあ、私も夕飯の用意しておこうかしら」

立ち上がって、キッチンへ向かう。

途中、足を止めて、振り返った。

「そういえば、卒業後はどうだったの？」

「卒業後はな――」

楢山は思い返すように少し宙を見つめた。

# エピローグ

卒業後、楢山たちはまず交番勤務に就いた。それから三カ月が経ち、それぞれの新たな異動先が決まった。

楢山は新宿南署の刑事部捜査一課への異動を命じられた。地元をよく知る者として、新宿へ配置された。

宇田桐と竜司は、本庁の特別捜査本部への配属が決まった。

その時知ったのだが、宇田桐もまた、両親を早くに失い、祖父母に育てられた男だった。親がいない警察官は、公安部や特捜部へ送られることが多い。身上に付け込むようだが、身内が少ないということは、それだけ気をつかう人間も少ないということ。身軽であれば、より深く犯罪捜査に潜ることができる。

非情な決定ではあるものの、犯罪と向き合うには理に適った判断だった。

しかし、身軽であったはずの竜司に変化が起こっていた。

その日、楢山と宇田桐は、警察官の正装をして、新宿にあるパーティー会場に来ていた。

そこには二十人程度の若い男女がいる。会場の奥にはメインの長テーブルがあり、花が飾られている。その脇の円卓には、タキシードを着た中年男性と着物を着た中年女性がいた。

フロア内にはテーブルが点々と置かれていて、立食形式のパーティーとなっている。

長テーブルの左側に司会レクチャー台があり、そこには着飾った長尾が立っていた。隣には、髪の長いドレスを着た女の子が立っている。

長尾は腕時計を見て、隣の女の子に目配せをした。隣の女の子はうなずき、会場の外に出て行く。

長尾は照明ブースに人差し指で指示を送った。

すうっと明かりが落ちる。ざわついていた会場が静かになった。

長尾がマイクを持った。

「ご来場の皆様、お待たせいたしました。新郎新婦の入場です！」

出入り口のドアが大きく開く。そこにスポットが当たる。警察官の正装をした竜司とウエディングドレスを着た美雪が立っていた。

音楽が流れる。竜司と美雪は、長尾の隣にいた女の子に先導されながら、メインテーブルへゆっくりと進んだ。

竜司と美雪の結婚式だった。

パーティー形式の小さな結婚式は、今では珍しくないが、当時は大きな結婚式場で盛大に親族や友人、会社の人たちを集めて執り行なうことが一般的だった。

結婚を申し込んだのは、美雪の方からだった。

竜司は特捜へ行くことになり、躊躇していたが、美雪の両親に会い、その両親からも気に入られて勧められ、決心した。

美雪は、結婚式はしなくていいと言っていた。竜司に親族はいないからだ。が、それでは美雪の両親がかわいそうだと長尾が言い、この結婚パーティーを企画した。会場の手配から進行まで、すべての準備を整えたのは長尾だった。

美雪は竜司の左腕の肘に手をかけ、歩いてきた。メインテーブル前でちらっと円卓を見る。中年男性は微笑み、女性はハンカチで涙を拭っている。円卓に座っていたのは、美雪の両親だった。

「カメラをお持ちの方、どうぞ、お二人の晴れの姿を写真に収めてください。その一枚が想い出となり、その一枚が二人の未来を創る土台となります」

長尾はどこかの漫才師が言いそうな口上で会場を沸かせる。

フラッシュが瞬いた。

宇田桐も二人の下に駆け付けた。前から横から、写真を撮りまくる。

「もういい」

竜司が小声で言う。

「バカやろう。こんなの一生に一度だけだ。何枚あっても損はないだろ」

宇田桐は笑いながら、シャッターを切り続けた。

当時のカメラは、フィルムを入れ替えなければならなかった。最後まで撮り終えた宇田桐は、檜山の立つテーブルまで戻ってきた。

取り終えたフィルムを出してテーブルに置き、セカンドバッグから別の新しいフィルムを出して、カメラにセットする。

「竜司のやつ、照れてやがったぞ」

宇田桐がおもしろそうに言う。

「そりゃあ、照れるだろうよ。これだけの人間の注目を浴びることなんて、そうないからな」

檜山が会場を見回す。

卒業前あたりから、宇田桐と長尾は竜司を名前で呼ぶようになっていた。それを聞いているうちに、檜山も自然と名前で呼ぶようになり、竜司もまたそれを受け入れていた。

その頃から、長尾を含めた四人の垣根はなくなったような気がしていた。

音楽が止まり、会場がふわっと明るくなった。

「おっと、着席したな。急がないと。檜山、フィルムをバッグにしまっといてくれ」

そう言うと、宇田桐はメインテーブルへ走っていった。

「祭り好きにもほどがあるな」

宇田桐を見て苦笑し、バッグにフィルムをしまう。

「新郎新婦が着席しました！　では、乾杯の音頭を新郎新婦をよく知る盟友、楢山誠吾君にしていただきましょう」

「えっ？」

楢山はきょとんとした。聞いていない。

突っ立っていると、宇田桐が戻ってきた。

「ほら、行って来いよ。場をしらけさすんじゃないぞ」

にやりとする。長尾を見ると、やはりにやにやしていた。

「おまえら……あとで、覚えとけよ」

楢山は宇田桐を睨み、レクチャー台まで行った。

「ほら、頼むぜ」

長尾がマイクを渡す。

楢山は長尾をひと睨みし、マイクを取った。メインテーブルに体を向ける。

竜司と美雪を改めて見る。美雪ははにかみながらも幸せそうな笑みを滲ませていた。

その横にいる竜司は凛《りん》としていた。すでに、家族を守る大黒柱の顔になっている。それはとても人間らしい表情で、楢山の顔にも思わず笑みがこぼれた。

「影野君、美雪さん、結婚おめでとう」

楢山が一声を発すると、会場が静かになった。

「二人が出会った時、まさか結婚するとは思わなかったが、こうして並んでみると、なかなかお似合いの二人だ」

楢山の言葉に会場が沸いた。

「竜司はむちゃくちゃなところもあるが、美雪さんが手綱を引いていてくれれば安心だ。きっと、美雪さんが竜司を照らしてくれる光になる。よかったな、いい人と一緒になれて」

楢山が言う。竜司は微笑んだ。

「とはいえ、美雪さんの手に負えなくなった時はいつでも言ってくれ。この化け物は俺たちがしっかり止めるから」

「化け物はないだろう！」

竜司が思わず返す。

会場に笑い声が立った。

「おめでとう」

楢山の祝辞に拍手が沸き起こった。

竜司と美雪は笑いながらも、揃って楢山に礼をした。

檜山は結婚パーティーのことを思い出しながら、竜司の遺影を見つめた。

あの時は、あの幸せがいつまでも続くと思っていたが……。

「いろいろありすぎたな、俺たちは」

遺影につぶやく。

「もうすぐ、俺も行くからよ。待ってろ、みんな」

思いが口からこぼれる。

と、紗由美が近づいてきて、檜山の頭をひっぱたいた。

「何言ってんの。あんたには、まだまだ生きててもらわないと。竜星もいるし、真昌もいる。それに——」

紗由美は屈んだ。

「私がいるんだからね」

肩を握って、背中に頭を預ける。

「……そうだったな。すまん」

肩越しに後ろを見て、微笑んだ。

「なあ、紗由美ちゃん」

「何？」

紗由美が顔を上げる。

「結婚パーティーしたいか？」

「パーティーはいらない。けど、ウェディングドレスは着てみたいかな」

紗由美が答える。

「撮りに行くか」

「いいの？」

紗由美が後ろから顔を出し、下から楢山を見つめた。

「俺の遺影にもなるしな」

「もう！」

紗由美は楢山の頭をひっぱたくと、そのまま抱きついた。

「でも、ありがとう。撮りに行こうね。約束だぞ」

「ああ、約束だ」

楢山は片腕で紗由美を強く抱きしめた。

竜司の遺影を見て微笑む。

すまんな、竜司。そっちに行くのは、もうちょっと先になりそうだ――。

（続く）

本作品は、ｗｅｂサイト「ＢＯＣ」に二〇二三年七月から一二月まで連載された「もぐら episode0」を加筆、修正した文庫オリジナルです。

また、この物語はフィクションであり、実在の人物・団体とは一切関係がありません。

中公文庫

もぐら 0
——影《かげ》野《の》竜《りゅう》司《じ》

2024年2月25日　初版発行

著　者　矢《や》月《づき》 秀《しゅう》作《さく》

発行者　安部 順一

発行所　中央公論新社
〒100-8152　東京都千代田区大手町1-7-1
電話　販売 03-5299-1730　編集 03-5299-1890
URL https://www.chuko.co.jp/

ＤＴＰ　平面惑星
印　刷　大日本印刷
製　本　大日本印刷


Published by CHUOKORON-SHINSHA, INC.
Printed in Japan　ISBN978-4-12-207486-6 C1193